biblioteca borges

coordenação editorial
davi arrigucci jr.
heloisa jahn
jorge schwartz
maria emília bender

história universal da infâmia (1935)

jorge luis borges

tradução davi arrigucci jr.

3ª reimpressão

Copyright © 1995, 2008 by María Kodama
Todos os direitos reservados

grafia atualizada segundo o acordo ortográfico da língua portuguesa de 1990, que entrou em vigor no brasil em 2009.

título original
historia universal de la infamia (1935)

capa e projeto gráfico
warrakloureiro

foto página 1
© ferdinando scianna/
magnum photos/ latinstock

preparação
márcia copola

revisão
huendel viana
márcia moura

Dados Internacionais de Catalogação na Publicação (CIP)
(Câmara Brasileira do Livro, SP, Brasil)

Borges, Jorge Luis, 1899-1986.
História universal da infâmia (1935) / Jorge Luis Borges; tradução Davi Arrigucci Jr. — 1. ed. — São Paulo: Companhia das Letras, 2012.

Título original: Historia universal de la infamia (1935)
ISBN 978-85-359-2072-7

1. Contos argentinos I. Título

12-02176   CDD-ar863

Índice para catálogo sistemático:
1. Contos: Literatura argentina ar863

[2022]
todos os direitos desta edição reservados à
EDITORA SCHWARCZ S.A.
rua Bandeira Paulista 702 cj. 32
04532-002 — São Paulo — SP
telefone (11) 3707-3500
www.companhiadasletras.com.br
www.blogdacompanhia.com.br
facebook.com/companhiadasletras
instagram.com/companhiadasletras
twitter.com/cialetras

I inscribe this book to S. D.: English, innumerable and an Angel. Also: I offer her that kernel of myself that I have saved, somehow — the central heart that deals not in words, traffics not with dreams and is untouched by time, by joy, by adversities.

prólogo à primeira edição 9
prólogo à edição de 1954 11

o atroz redentor lazarus morell 13
o impostor inverossímil tom castro 23
a viúva ching, pirata 31
o provedor de iniquidades monk eastman 39
o assassino desinteressado bill harrigan 47
o incivil mestre de cerimônias kotsuké no suké 53
o tintureiro mascarado hákim de merv 60
homem da esquina rosada 68
et caetera 78

índice das fontes 93

prólogo à primeira edição

Os exercícios de prosa narrativa que integram este livro foram compostos de 1933 a 1934. Derivam, creio, de minhas releituras de Stevenson e de Chesterton e também dos primeiros filmes de Von Sternberg e talvez de certa biografia de Evaristo Carriego. Abusam de certos procedimentos: as enumerações díspares, a brusca solução de continuidade, a redução da vida inteira de um homem a duas ou três cenas. (Esse propósito visual rege também o conto "Homem da esquina rosada".) Não são, não tentam ser, psicológicos.

Quanto aos exemplos de magia que encerram o volume, não tenho outro direito sobre eles a não ser os de tradutor e leitor. Às vezes creio que os bons leitores são cisnes até mais tenebrosos e singulares que os bons autores. Ninguém me negará que as peças atribuídas por Valéry ao seu mais que perfeito Edmond Teste valem notoriamente menos que as de sua mulher e amigos.

Ler, antes de tudo, é uma atividade posterior à de escrever: mais resignada, mais civil, mais intelectual.

J. L. B.
Buenos Aires, 27 de maio de 1935

… prólogo à edição de 1954

Eu diria que barroco é aquele estilo que deliberadamente esgota (ou pretende esgotar) suas possibilidades e que confina com sua própria caricatura. Em vão Andrew Lang procurou arremedar, por volta de mil oitocentos e oitenta e tantos, a *Odisseia* de Pope; a obra já era a paródia de si mesma e o parodista não conseguiu exagerar sua tensão. Barroco (*baroco*) é o nome de uma das formas de silogismo; o século XVIII aplicou-o a determinados abusos da arquitetura e da pintura do século XVII; eu diria que é barroca a etapa final de toda arte, quando esta exibe e dilapida seus meios. O barroquismo é intelectual, e Bernard Shaw afirmou que todo trabalho intelectual é humorístico. Esse humorismo é involuntário na obra de Baltasar Gracián; voluntário ou consentido, na de John Donne.
Já o excessivo título destas páginas proclama sua natureza barroca. Atenuá-las teria equivalido a destruí-las; por isso, prefiro desta vez invocar a sentença *quod scripsi, scripsi* (João 19, 22) e reimprimi-las, depois de vinte anos, tal e qual. São a irresponsável brincadeira de um tímido que não se animou a escrever contos e que se distraiu

falsificando e deturpando (sem justificativa estética uma vez ou outra) histórias alheias. Desses ambíguos exercícios passou à trabalhosa composição de um conto direto — "Homem da esquina rosada" — que assinou com o nome de um avô de seus avós, Francisco Bustos, e que obteve um êxito singular e um pouco misterioso.

Em seu texto, que é de tom suburbano, se notará que intercalei algumas palavras cultas: *vísceras, conversões** etc. Assim o fiz porque o *compadre*** aspira à finura, ou (esta razão exclui a outra, mas é talvez a verdadeira) porque os *compadres* são indivíduos e não falam sempre como o *Compadre*, que é uma figura platônica.

Os doutores do Grão-Veículo ensinam que o essencial do universo é a vacuidade. Têm plena razão no que se refere a essa mínima parte do universo que é este livro. Patíbulos e piratas povoam-no e a palavra *infâmia* surpreende no título, mas sob o tumulto não há nada. Não é mais que aparência, que uma superfície de imagens; por isso mesmo talvez possa agradar. O homem que o compôs era bem infeliz, mas se entreteve escrevendo-o; tomara que algum reflexo daquele prazer chegue aos leitores.

Na seção "Et caetera" incorporei três textos novos.

J. L. B.

---

* Provável erro tipográfico: *conversões*, palavra que não se encontra no texto, pode ter sido grafada em lugar de conversações. (As notas chamadas por asteriscos são do tradutor, e as notas numeradas, do autor.)
** O *compadre* ou *compadrito*, espécie de valentão suburbano, foi, como escreveu Borges, "o plebeu das cidades e do indefinido arrabalde, assim como o *gaucho* o foi da planície e das coxilhas". J. L. Borges e Silvina Bullrich, *El compadrito* (Buenos Aires: Compañía General Fabril Editora, 1968), p. 11.

o atroz redentor
lazarus morell

A CAUSA REMOTA

Em 1517, o padre Bartolomé de las Casas sentiu muita pena dos índios que se extenuavam nos laboriosos infernos das minas de ouro antilhanas, e propôs ao imperador Carlos v a importação de negros que se extenuassem nos laboriosos infernos das minas de ouro antilhanas. A essa curiosa variação de um filantropo devemos infinitos fatos: os *blues* de Handy, o êxito alcançado em Paris pelo pintor e doutor uruguaio dom Pedro Figari, a boa prosa rústica do também uruguaio dom Vicente Rossi, a dimensão mitológica de Abraham Lincoln, os quinhentos mil mortos da Guerra de Secessão, os três bilhões e trezentos milhões gastos em pensões militares, a estátua do imaginário Falucho, a admissão do verbo *linchar* na décima terceira edição do *Dicionário da Academia Espanhola*, o impetuoso filme *Aleluia*, a fornida carga de baioneta comandada por Soler à frente de seus *Pardos y Morenos* no Cerrito, a graça da senhorita de Tal, o negro que Martín Fierro assassinou, a deplorável rumba "El manisero", o napoleonismo preso e encarcerado de Toussaint Louverture, a cruz e a serpente no Haiti, o sangue das cabras degoladas pelo facão do *papaloi*, a *habanera* mãe do tango, o candombe.

E mais: a criminosa e magnífica existência do atroz redentor Lazarus Morell.

O LUGAR

O Pai das Águas, o Mississippi, o rio mais extenso do mundo, foi o digno teatro desse incomparável canalha. (Álvarez de Pineda descobriu-o e seu primeiro explorador foi o capitão Hernando de Soto, antigo conquistador do Peru, que distraiu os meses de prisão do Inca Atahualpa, ensinando-lhe o jogo de xadrez. Morreu e deram-lhe por sepultura suas águas.)

O Mississippi é rio de peito largo; é um infinito e obscuro irmão do Paraná, do Uruguai, do Amazonas e do Orenoco. É um rio de águas mulatas; mais de quatrocentos milhões de toneladas de lama insultam anualmente o golfo do México, descarregadas por ele. Tanta sujeira venerável e antiga construiu um delta, onde os gigantescos ciprestes-dos-pântanos crescem dos despojos de um continente em perpétua dissolução, e onde labirintos de barro, de peixes mortos e de juncos dilatam as fronteiras e a paz de seu fétido império. Mais acima, na altura do Arkansas e do Ohio, alongam-se também as terras baixas. Habita-as uma estirpe amarelenta de homens esquálidos, propensos à febre, que olham com avidez as pedras e o ferro, porque entre eles não há mais que areia e lenha e água turva.

OS HOMENS

Em princípios do século XIX (a data que nos interessa) as vastas plantações de algodão que havia nas margens eram trabalhadas pelos negros, de sol a sol. Dormiam em cabanas de madeira, sobre o chão de terra. Fora da relação mãe-filho, os parentescos eram convencionais e turvos. Nomes tinham, mas podiam prescindir de sobrenomes. Não sabiam ler. Sua enternecida voz de falsete cantarolava um inglês de vogais lentas. Trabalhavam em filas, curvados sob o rebenque do capataz. Fugiam, e homens de barba comprida saltavam sobre bonitos cavalos e fortes cães farejadores os rastreavam.

A um sedimento de esperanças bestiais e medos africanos tinham agregado as palavras da Escritura: sua fé, por conseguinte, era a de Cristo. Cantavam graves e em grupos: *Go down Moses*. O Mississippi servia-lhes de magnífica imagem do sórdido Jordão.

Os proprietários daquela terra trabalhadora e daquelas negrarias eram senhores de cabelos longos, ociosos e ávidos, que habitavam amplos casarões com vista para o rio — sempre com um pórtico pseudogrego de pinho branco. Um bom escravo custava-lhes mil dólares e não durava muito. Alguns cometiam a ingratidão de adoecer e morrer. Era preciso arrancar daqueles seres instáveis o maior rendimento. Por isso os mantinham no campo desde o primeiro sol até o último; por isso exigiam das fazendas uma colheita anual de algodão ou tabaco ou açúcar. A terra, cansada e manuseada por aquela cultura impaciente, ficava em poucos anos exaurida: o deserto confuso e barrento metia-se nas plantações. Nas chácaras abandonadas, nos subúrbios, nos canaviais compactos e nos lodaçais abjetos moravam os *poor whites*, a canalha branca. Eram pescadores, caçadores eventuais, ladrões de cavalo. Costumavam mendigar dos negros pedaços de comida roubada e mantinham em sua prostração um orgulho: o do sangue sem mancha, sem mistura. Lazarus Morell foi um deles.

O HOMEM

Os daguerreótipos de Morell que as revistas americanas costumam publicar não são autênticos. Essa carência de efígies genuínas de um homem tão memorável e famoso não deve ser casual. É verossímil supor que Morell tenha se negado à placa polida; essencialmente para não deixar rastros inúteis e, de passagem, para alimentar seu mistério... Sabemos, no entanto, que não foi favorecido na juventude e que os olhos próximos demais e os lábios lineares não predispunham a seu favor. Os anos, depois, conferiram-lhe a peculiar majestade que têm os canalhas encanecidos, os criminosos com sorte e impunes. Era um antigo cavalheiro do Sul, em que pesem a infância miserável e as afrontas da vida. Não desconhecia as Escrituras e pregava com singular convicção. "Eu vi Lazarus Morell no púlpito", anota o dono de uma casa de jogo em Baton Rouge, Louisiana, "e escutei suas palavras edificantes e vi as lágrimas acudirem a seus olhos. Eu sabia que era um adúltero, um ladrão de negros e um assassino perante o Senhor, mas também meus olhos choraram."

Outro bom testemunho dessas efusões sagradas é o

que o próprio Morell subministra. "Abri ao acaso a Bíblia, dei com um versículo conveniente de São Paulo e preguei uma hora e vinte minutos. Também não desperdiçaram esse tempo Crenshaw e os companheiros, que levaram com eles todos os cavalos da audiência. Foram vendidos no estado do Arkansas, exceto um avermelhado muito brioso que reservei para meu uso particular. Agradou também a Crenshaw, mas fiz ver a ele que não lhe servia."

O MÉTODO

Os cavalos roubados num estado e vendidos noutro foram só uma digressão na carreira delinquente de Morell, mas prefiguraram o método que agora lhe garantiria um bom lugar numa História Universal da Infâmia. Esse método é único, não apenas pelas circunstâncias *sui generis* que o determinaram, mas também pela abjeção que requer, por seu fatal manejo da esperança e pelo desenvolvimento gradual, semelhante à atroz evolução de um pesadelo. Al Capone e Bugs Moran operam com ilustres capitais e metralhadoras servis numa grande cidade, mas o negócio deles é vulgar. Disputam entre si um monopólio, isso é tudo... Quanto ao número de homens, Morell chegou a comandar uns mil, todos juramentados. Duzentos integravam o Alto Conselho, e este promulgava as ordens que os restantes oitocentos cumpriam. O risco recaía sobre os subalternos. Em caso de rebelião, eram entregues à justiça ou atirados à correnteza do rio de águas pesadas, com uma pedra bem segura nos pés. Frequentemente eram mulatos. Sua missão de facínoras era a seguinte:

Percorriam — com algum luxo momentâneo de anéis, para inspirar respeito — as vastas plantações do Sul. Escolhiam um negro infeliz e propunham-lhe a liberdade. Diziam-lhe que fugisse do patrão, para ser vendido por eles uma segunda vez, em alguma fazenda distante. Dariam então a ele uma porcentagem do preço da venda e o ajudariam em outra evasão. Seria conduzido depois a um estado livre. Dinheiro e liberdade, dólares ressoantes de prata com liberdade, que melhor tentação podiam lhe oferecer? O escravo atrevia-se a uma primeira fuga. O caminho natural era o rio. Uma canoa, o porão de um vapor, uma barcaça, uma grande balsa como um céu com uma casinha na ponta ou com elevadas cobertas de lona; o lugar não importava, bastava saber-se em movimento, e seguro sobre o rio incansável... Vendiam-no em outra plantação. Fugia de novo pelos canaviais ou pelas barrancas. Então os terríveis benfeitores (de quem ele já começava a desconfiar) aduziam gastos obscuros e declaravam que tinham de vendê-lo uma última vez. Na volta lhe dariam a porcentagem das duas vendas e a liberdade. O homem se deixava vender, trabalhava um tempo e desafiava na última fuga o risco dos cães farejadores e dos açoites. Regressava sangrando, suando, em desespero e com sono.

A LIBERDADE FINAL

Falta considerar o aspecto jurídico desses fatos. O negro não era posto à venda por sicários de Morell até que o dono primitivo não tivesse denunciado sua fuga e oferecido uma recompensa a quem o encontrasse. Qualquer um então podia retê-lo, de sorte que sua venda ulterior era um abuso de confiança, não um roubo. Recorrer à justiça civil era um gasto inútil, porque os danos nunca eram pagos.

Tudo isso era muito tranquilizador, mas não para sempre. O negro podia falar; o negro, por mero agradecimento ou felicidade, era capaz de falar. Uns jarros de uísque de centeio no prostíbulo de El Cairo, Illinois, onde o filho de cadela nascido escravo iria malgastar o dinheiro que eles não tinham por que lhe dar, e vazava o segredo. Naqueles anos, um Partido Abolicionista agitava o Norte, uma turba de loucos perigosos que negavam a propriedade e pregavam a liberdade dos negros, incitando-os a fugir. Morell não ia deixar-se confundir por aqueles anarquistas. Não era um *yankee*, era um branco do Sul filho e neto de brancos, e esperava retirar-se dos negócios e ser um cavalheiro e possuir suas léguas de algodoal e suas curvadas filas de escravos. Com sua experiência, não estava para riscos inúteis.

O fugitivo esperava a liberdade. Então os mulatos nebulosos de Lazarus Morell transmitiam uns aos outros uma ordem que não podia passar de uma senha e o livravam da vista, do ouvido, do tato, do dia, da infâmia, do tempo, dos benfeitores, da misericórdia, do ar, dos cães, do universo, da esperança, do suor e dele mesmo. Um tiro, uma punhalada baixa ou um golpe, e as tartarugas e os bagres do Mississippi recebiam a última informação.

A CATÁSTROFE

Servido por homens de confiança, o negócio tinha de prosperar. Em princípios de 1834, uns setenta negros já haviam sido emancipados por Morell, e outros se dispunham a seguir aqueles felizes precursores. A zona de operações era maior e era preciso admitir novos afiliados. Entre os que prestaram o juramento havia um rapaz, Virgil Stewart, do Arkansas, que se destacou desde logo pela crueldade. Esse rapaz era sobrinho de um cavalheiro que tinha perdido muitos escravos. Em agosto de 1834, rompeu o juramento e delatou Morell e os demais. A casa de Morell em Nova Orleans foi cercada pela justiça. Morell, por uma imprevidência ou um suborno, conseguiu escapar.

Três dias se passaram. Morell ficou escondido esse tempo numa casa antiga, de pátios com trepadeiras e estátuas, da rua Toulouse. Parece que se alimentava muito pouco e que costumava percorrer descalço os grandes aposentos obscuros, fumando charutos pensativos. Por um escravo da casa remeteu duas cartas à cidade de Natchez e outra a Red River. No quarto dia entraram na casa três homens e ficaram discutindo com ele até o amanhecer. No quinto, Morell levantou-se quando escurecia e pediu uma navalha e se barbeou cuidadosamente. Vestiu-se e saiu. Atravessou com lenta serenidade os subúrbios do Norte. Já em pleno campo, beirando as terras baixas do Mississippi, caminhou mais depressa.

Seu plano era de uma coragem bêbada. Era o de aproveitar os últimos homens que ainda lhe deviam reverência: os serviçais negros do Sul. Eles tinham visto seus companheiros fugir e não os viram voltar. Acreditavam, portanto, em sua liberdade. O plano de Morell era uma sublevação total dos negros, a tomada e o saque de Nova Orleans e a ocupação de seu território. Morell, decaído e quase desfeito pela traição, meditava uma resposta continental: uma resposta em que o criminoso era exaltado até a redenção e a história. Dirigiu-se com esse fito a Natchez, onde era mais profunda sua força. Transcrevo sua narração daquela viagem:

Caminhei quatro dias antes de conseguir um cavalo. No quinto parei perto de um riacho para me abastecer de água e fazer a sesta. Eu estava sentado num tronco, olhando o caminho andado até então, quando vi um cavaleiro se aproximar num cavalo escuro de boa estampa. Logo que o avistei, decidi tirar-lhe o cavalo. Preparei-me, apontei--lhe uma bonita pistola de tambor e dei-lhe ordem de apear. Executou-a e eu peguei com a esquerda as rédeas e lhe mostrei o riacho, ordenando-lhe que fosse caminhando na frente. Andou umas duzentas varas e parou. Ordenei-lhe que se desvestisse. Disse-me: "Já que decidiu me matar, me deixe rezar antes de morrer". Respondi--lhe que não tinha tempo para ouvir suas orações. Caiu de joelhos e lhe desfechei um tiro na nuca. Abri de um talho a sua barriga; arranquei-lhe as vísceras e afundei-o no riacho. Depois revistei os bolsos e encontrei quatrocentos dólares e trinta e sete centavos e uma quantidade de papéis que não demorei em vistoriar. Suas botas eram novas, flamejantes, e ficaram bem em mim. As minhas, que estavam muito gastas, afundei no riacho.
 Assim obtive o cavalo que precisava para entrar em Natchez.

A INTERRUPÇÃO

Morell capitaneando povoações negras que sonhavam enforcá-lo, Morell enforcado por exércitos negros que sonhava capitanear — pesa-me confessar que a história do Mississippi não aproveitou essas oportunidades suntuosas. Contrariamente a toda justiça poética (ou simetria poética), nem sequer o rio de seus crimes foi sua tumba. No dia 2 de janeiro de 1835, Lazarus Morell faleceu de uma congestão pulmonar no hospital de Natchez, onde havia se internado com o nome de Silas Buckley. Um companheiro de enfermaria o reconheceu. Nos dias 2 e 4, os escravos de certas plantações quiseram sublevar-se, mas foram reprimidos sem maior efusão de sangue.

o impostor inverossímil tom castro

Dou-lhe esse nome porque com esse nome ficou conhecido nas ruas e casas de Talcahuano, Santiago do Chile e Valparaíso, por volta de 1850, e é justo que o assuma outra vez, agora que retorna a estas terras — ainda que na qualidade de mero fantasma e passatempo de sábado.[1] O registro de nascimento de Wapping chama-o Arthur Orton e o inscreve na data de 7 de junho de 1834. Sabemos que era filho de um açougueiro, que sua infância conheceu a miséria insípida dos bairros baixos de Londres e que sentiu o chamado do mar. O fato não é insólito. *Run away to sea*, fugir para o mar, é a maneira inglesa tradicional de romper com a autoridade dos pais, a iniciação heroica. A geografia a recomenda e mesmo a Escritura (Salmos, CVII): "Os que descem em barcos ao mar, os que comerciam nas grandes águas, esses veem as obras de Deus e suas maravilhas no abismo". Orton fugiu de seu deplorável subúrbio cor-de-rosa sujo e desceu num barco ao mar e contemplou com a decepção habitual o Cruzeiro do

---

1 Esta metáfora serve-me para lembrar ao leitor que estas biografias infames apareceram no suplemento sabático de um jornal da tarde.

Sul, e desertou no porto de Valparaíso. Era uma pessoa de sossegada idiotice. Logicamente, teria podido (e devido) morrer de fome, mas sua confusa jovialidade, seu permanente sorriso e sua mansidão infinita granjearam-lhe o favor de certa família Castro, cujo nome adotou. Desse episódio sul-americano não restam pegadas, mas sua gratidão não decaiu, já que, em 1861, reaparece na Austrália, sempre com aquele nome: Tom Castro. Em Sydney conheceu um tal de Bogle, um criado negro. Bogle, sem ser bonito, tinha aquele ar repousado e monumental, aquela solidez de obra de engenharia que tem o homem negro entrado em anos, em carnes e autoridade. Tinha uma segunda condição, que determinados manuais de etnografia negaram à sua raça: a da inspiração genial. Logo veremos a prova. Era um varão morigerado e decente, com os antigos apetites africanos muito corrigidos pelo uso e abuso do calvinismo. Com exceção das visitas do deus (que descreveremos depois) era absolutamente normal, sem outra irregularidade além de um medo pudico e persistente que o detinha nos cruzamentos, receando, a leste, oeste, sul e norte, o violento veículo que daria fim a seus dias.

Orton o viu num entardecer numa desguarnecida esquina de Sydney tentando se decidir para sortear a morte imaginária. Depois de observá-lo por longo tempo, ofereceu-lhe o braço e os dois atravessaram aterrorizados a rua inofensiva. Desde aquele instante de um entardecer já defunto, estabeleceu-se um protetorado: o do negro inseguro e monumental sobre o obeso palerma de Wapping. Em setembro de 1865, ambos leram num diário local um desolado aviso.

O IDOLATRADO HOMEM MORTO

Nos últimos dias de abril de 1854 (enquanto Orton provocava as efusões da hospitalidade chilena, ampla como seus pátios), naufragou nas águas do Atlântico o vapor *Mermaid*, procedente do Rio de Janeiro, rumo a Liverpool. Entre os que pereceram estava Roger Charles Tichborne, militar inglês criado na França, morgado de uma das principais famílias católicas da Inglaterra. Parece inverossímil, mas a morte daquele jovem afrancesado, que falava inglês com o mais fino sotaque de Paris e despertava aquele incomparável rancor que só causam a inteligência, a graça e o pedantismo franceses, foi um acontecimento transcendental no destino de Orton, que jamais o vira. Lady Tichborne, a mãe horrorizada de Roger, recusou-se a crer na morte dele e publicou desconsolados anúncios nos jornais de mais ampla circulação. Um desses anúncios caiu nas brandas mãos funerárias do negro Bogle, que concebeu um projeto genial.

AS VIRTUDES DA DISPARIDADE

Tichborne era um esbelto cavalheiro de ar retraído, com traços agudos, a tez morena, cabelo preto e liso, os olhos vivos e a palavra de uma precisão de imediato incômoda; Orton era um pateta transbordante, de vasto abdômen, traços de uma infinita vagueza, cútis que puxava para a de um sardento, cabelo castanho encaracolado, olhos dorminhocos e conversação ausente ou apagada. Bogle inventou que o dever de Orton era embarcar no primeiro vapor para a Europa e satisfazer a esperança de Lady Tichborne, declarando ser seu filho. O projeto era de uma insensata engenhosidade. Procuro um exemplo fácil. Se um impostor em 1914 tivesse pretendido se fazer passar pelo imperador da Alemanha, a primeira coisa que teria falsificado seriam os bigodes ascendentes, o braço morto, o cenho autoritário, a capa cinza, o ilustre peito condecorado e o alto elmo. Bogle era mais sutil: teria apresentado um *kaiser* imberbe, alheio a atributos militares e a águias honrosas e com o braço esquerdo num estado de indubitável saúde. É inútil tornar precisa a metáfora; consta que apresentou um Tichborne balofo, com o amável sorriso de imbecil, cabelo castanho e uma irretocável ignorância do idioma francês. Bogle sabia que um fac-símile perfeito do desejado Roger Charles Tichborne era impossível obter. Sabia também que todas as similitudes alcançadas não fariam outra coisa além de destacar certas diferenças inevitáveis. Renunciou, pois, a toda semelhança. Intuiu que a enorme inépcia da pretensão seria uma prova convincente de que não se tratava de uma fraude, pois ninguém teria negligenciado desse modo flagrante os traços mais singelos de convicção. É preciso não esquecer também a colaboração todo-poderosa do tempo: catorze anos de hemisfério austral e de acaso podem mudar um homem.

Outra razão fundamental: Os repetidos e insensatos anúncios de Lady Tichborne demonstravam sua absoluta segurança de que Roger Charles não havia morrido, sua vontade de reconhecê-lo.

O ENCONTRO

Tom Castro, sempre serviçal, escreveu a Lady Tichborne. Para fundar sua identidade, invocou a prova fidedigna de duas pintas localizadas no mamilo esquerdo e daquele episódio de sua infância, tão aflitivo e por isso mesmo tão memorável, quando foi atacado por um enxame de abelhas. O comunicado era breve e, à semelhança de Tom Castro e de Bogle, prescindia de escrúpulos ortográficos. Na imponente solidão de um hotel de Paris, a dama leu-o e releu-o com lágrimas felizes, e em poucos dias encontrou as lembranças que lhe pedia seu filho. No dia 16 de janeiro de 1867, Roger Charles Tichborne se fez anunciar naquele hotel. Foi precedido por seu respeitoso criado, Ebenezer Bogle. O dia de inverno era de muitíssimo sol; os olhos cansados de Lady Tichborne estavam velados de pranto. O negro abriu de par em par as janelas. A luz serviu de máscara: a mãe reconheceu o filho pródigo e lhe franqueou seu abraço. Agora que de fato o tinha, podia prescindir do diário e das cartas que ele lhe mandara do Brasil: meros reflexos adorados que haviam alimentado sua solidão de catorze anos lúgubres. Devolvia-as a ele com orgulho: não faltava nenhuma.

Bogle sorriu com toda a discrição: o plácido fantasma de Roger Charles tinha já onde se documentar.

AD MAJOREM DEI GLORIAM

Esse feliz reconhecimento — que parece cumprir uma tradição das tragédias clássicas — deveria coroar esta história, deixando três felicidades asseguradas ou ao menos prováveis: a da mãe verdadeira, a do filho apócrifo e tolerante, a do conspirador recompensado pela apoteose providencial de sua indústria. O Destino (tal é o nome que aplicamos à infinita operação incessante de milhares de causas entrelaçadas) não o resolveu assim. Lady Tichborne morreu em 1870 e os parentes moveram uma ação contra Arthur Orton por usurpação de estado civil. Desprovidos de lágrimas e de solidão, mas não de cobiça, jamais acreditaram no obeso e quase analfabeto filho pródigo que ressurgiu tão intempestivamente da Austrália. Orton contava com o apoio dos inumeráveis credores que haviam determinado que ele era Tichborne, para que pudesse pagar-lhes.

Da mesma forma contava com a amizade do advogado da família, Edward Hopkins, e com a do antiquário Francis J. Baigent. Isso, porém, não bastava. Bogle pensou que, para ganhar a partida, era imprescindível o favor de uma forte corrente popular. Solicitou a cartola e o distinto guarda-chuva e foi buscar inspiração pelas ruas decorosas de Londres. Era no entardecer; Bogle vagou até que uma lua da cor do mel se duplicou na água retangular das fontes públicas. O deus visitou-o. Bogle chamou uma carruagem e se fez conduzir ao apartamento do antiquário Baigent. Este enviou uma longa carta ao *Times*, que assegurava que o suposto Tichborne era um descarado impostor. Era assinada pelo padre Goudron, da Companhia de Jesus. Outras denúncias igualmente papistas a sucederam. O efeito foi imediato: as boas pessoas não deixaram de adivinhar que Sir Roger Charles era vítima de um complô abominável dos jesuítas.

A CARRUAGEM

Cento e noventa dias durou o processo. Cerca de cem testemunhas juraram que o acusado era Tichborne — entre eles, quatro companheiros de armas do regimento 6 dos dragões. Seus partidários não paravam de repetir que não era um impostor, já que, se fosse, teria procurado remedar os retratos juvenis de seu modelo. Além disso, Lady Tichborne o reconhecera e é evidente que uma mãe não se engana. Tudo ia bem, ou mais ou menos bem, até que uma antiga amante de Orton compareceu perante o tribunal para fazer sua declaração. Bogle não se alterou com aquela pérfida manobra dos "parentes"; solicitou cartola e guarda-chuva e foi implorar uma terceira iluminação pelas decorosas ruas de Londres. Nunca saberemos se a encontrou. Pouco antes de chegar a Primrose Hill, atingiu-o o terrível veículo que do fundo dos anos o perseguia. Bogle viu-o vir, soltou um grito, mas não atinou com a salvação. Foi projetado com violência contra as pedras. Os vertiginosos cascos do matungo partiram-lhe o crânio.

O ESPECTRO

Tom Castro era o fantasma de Tichborne, mas um pobre fantasma habitado pelo gênio de Bogle. Quando lhe disseram que este tinha morrido, ficou aniquilado. Continuou mentindo, mas com escasso entusiasmo e com disparatadas contradições. Era fácil prever o fim.

No dia 27 de fevereiro de 1874, Arthur Orton, aliás, Tom Castro, foi condenado a catorze anos de trabalhos

forçados. No cárcere, soube se fazer querer; era seu ofício.
O comportamento exemplar valeu-lhe uma redução de
quatro anos. Quando aquela hospitalidade afinal o deixou — a da prisão —, percorreu as aldeias e os centros
do Reino Unido, pronunciando pequenas conferências
nas quais declarava sua inocência ou afirmava sua culpa.
Sua modéstia e seu anseio de agradar eram tão duradou-
ros que muitas noites começou pela defesa e acabou pela
confissão, sempre a serviço das inclinações do público.
No dia 2 de abril de 1898 morreu.

a viúva ching, pirata

A palavra *corsárias* corre o risco de despertar uma lembrança que é vagamente incômoda: a de uma zarzuela já desbotada, com suas óbvias teorias de mucamas, que faziam o papel de piratas coreográficas em mares de visível papelão. No entanto, existiram corsárias: mulheres hábeis na manobra marinheira, no governo de tripulações bestiais e na perseguição e saque de naves de alto bordo. Uma delas foi Mary Read, que uma vez declarou que a profissão de pirata não era para qualquer um; para exercê-la com dignidade, seria preciso ser um homem de coragem, como ela. Nos rudes inícios de sua carreira, quando ainda não era capitã, um de seus amantes foi injuriado pelo valentão de bordo. Mary desafiou-o para um duelo, e lutou com ele com as duas mãos, segundo um antigo uso das ilhas do mar do Caribe: a comprida e precária pistola na mão esquerda, o sabre fiel na direita. A pistola falhou, mas a espada se portou bem... Por volta de 1720 a arriscada carreira de Mary Read foi interrompida por uma forca espanhola, em Santiago de la Vega (Jamaica).

Outra pirata daqueles mares foi Anne Bonney, que era uma irlandesa resplandecente, de seios altos e cabelo fogoso, que mais de uma vez arriscou o corpo na abordagem de naves. Foi companheira de armas de Mary Read, e finalmente de forca. Seu amante, o capitão John Rackam, teve também seu nó corrediço nessa função. Anne, desdenhosa, deu com aquela áspera variante da recriminação de Aixa a Boabdil: "Se tivesses lutado como um homem, não te enforcariam como a um cão".

Outra, mais venturosa e longeva, foi uma pirata que operou nas águas da Ásia, do mar Amarelo até os rios da fronteira do Annam. Falo da aguerrida viúva de Ching.

OS ANOS DE APRENDIZAGEM

Por volta de 1797, os acionistas das muitas esquadras piráticas daquele mar fundaram um consórcio e nomearam almirante um tal Ching, homem justiceiro e experiente. Este foi tão severo e exemplar no saque das costas, que os habitantes apavorados imploraram com dádivas e lágrimas o socorro imperial. Sua lastimosa petição não deixou de ser ouvida: receberam ordem de pôr fogo em suas aldeias, de esquecer seus afazeres de pesca, de emigrar terra adentro e de aprender uma ciência desconhecida chamada agricultura. Assim o fizeram, e os invasores frustrados não encontraram senão costas desertas. Tiveram de se entregar, em consequência, ao assalto de naves: depredação ainda mais nociva que a anterior, pois prejudicava seriamente o comércio. O governo imperial não vacilou e ordenou aos antigos pescadores o abandono do arado e das juntas de bois, bem como a restauração de remos e redes. Eles amotinaram-se, fiéis ao antigo temor, e as autoridades decidiram-se por outra conduta: nomear o almirante Ching chefe dos Estábulos Imperiais. Ele ia aceitar o suborno. Os acionistas souberam a tempo, e sua virtuosa indignação manifestou-se num prato de urtigas envenenadas, cozidas com arroz. A guloseima foi fatal: o antigo almirante e chefe novel dos Estábulos Imperiais entregou a alma às divindades do mar. A Viúva, transfigurada pela dupla traição, congregou os piratas, revelou--lhes o enredado caso e instou-os a recusar a clemência falaz do imperador e o ingrato serviço dos acionistas de tendência envenenadora. Propôs a eles a abordagem por conta própria e a votação de um novo almirante. A escolhida foi ela. Era uma mulher ossuda, de olhos sonolentos e sorriso cariado. O cabelo retinto e oleoso resplandecia mais que os olhos.

Às suas ordens tranquilas, as naves lançaram-se ao perigo e ao alto-mar.

O COMANDO

Sucederam-se treze anos de metódica aventura. Seis esquadras integravam a armada, sob bandeiras de cor diferente: a vermelha, a amarela, a verde, a negra, a arroxeada e a da serpente, que era a da nave capitânia. Os chefes chamavam-se Pássaro e Pedra, Castigo da Água da Manhã, Joia da Tripulação, Onda de Muitos Peixes e Sol Alto. O regulamento, redigido pela viúva Ching em pessoa, é de uma inapelável severidade, e seu estilo justo e lacônico prescinde das desmaiadas flores retóricas que emprestam majestade propriamente irrisória à maneira chinesa oficial, de que depois ofereceremos alguns alarmantes exemplos. Copio alguns artigos:

"Todos os bens transbordados das naves inimigas passarão a um depósito e serão ali registrados. Uma quinta parte do que cada pirata arrecadava lhe será entregue mais tarde; o resto ficará no depósito. A violação desta ordem é a morte.

"A pena do pirata que tiver abandonado seu posto sem permissão especial será a perfuração pública de suas orelhas. A reincidência nesta falta é a morte.

"O comércio com as mulheres arrebatadas nas aldeias fica proibido na coberta; deverá limitar-se ao porão e nunca sem a permissão do responsável pela carga. A violação desta ordem é a morte."

Informes subministrados por prisioneiros asseguram que o rancho daqueles piratas consistia principalmente em bolacha, em obesas ratazanas cevadas e arroz cozido; nos dias de combate, costumavam misturar pólvora a seu álcool. Cartas e dados fraudulentos, o copo e o retângulo do *fantan*,* o visionário cachimbo de ópio e a lanterna mágica ocupavam as horas. Duas espadas de uso simultâneo eram as armas preferidas. Antes da abordagem aspergiam as faces e o corpo com uma infusão de alho, talismã infalível contra os ataques das bocas de fogo.

A tripulação viajava com suas mulheres, mas o capitão com seu harém, que era de cinco ou seis delas, renovadas a cada vitória, segundo o costume.

---

* *Fantan* ou *fan-tan*, jogo de azar com cartas originário da China.

FALA KIA-KING, O JOVEM IMPERADOR

Em meados de 1809, foi promulgado um edito imperial, de que transcrevo a primeira e a última parte. Muitos criticaram seu estilo:

"Homens desventurados e daninhos, homens que pisam o pão, homens que desatendem o clamor dos cobradores de impostos e dos órfãos, homens em cuja roupa de baixo figuram a fênix e o dragão, homens que negam a verdade dos livros impressos, homens que deixam as lágrimas correrem mirando o norte, prejudicam o bem--estar de nossos rios e a antiga confiança de nossos mares. Em navios avariados e desprezíveis afrontam noite e dia a tempestade. Seu objetivo não é benévolo: não são nem nunca foram os verdadeiros amigos do navegante. Longe de lhe prestar ajuda, acometem-no com ferocíssimo ímpeto e o convidam à ruína, à mutilação ou à morte. Violam assim as leis naturais do Universo, de modo que os rios transbordam, as margens se inundam, os filhos se voltam contra os pais e os princípios de umidade e seca são alterados...

"[...] Por conseguinte, encomendo-te o castigo, almirante Kvo-Lang. Não lances no esquecimento que a clemência é um atributo imperial e que seria presunção um súdito tentar assumi-la. Sê cruel, sê justo, sê obediente, sê vitorioso."

A referência incidental às embarcações avariadas era, naturalmente, falsa. Seu fito era levantar o ânimo da expedição de Kvo-Lang. Noventa dias mais tarde, as forças da viúva Ching se enfrentaram com as do Império Central. Quase mil naves combateram de sol a sol. Um coro misto de sinos, de tambores, de canhonaços, de imprecações, de gongos e de profecias acompanhou a ação. As forças do Império foram desbaratadas. Nem o vedado perdão nem a recomendada crueldade tiveram ocasião de ser exercidas. Kvo-Lang observou um rito que nossos generais derrotados optam por omitir: o suicídio.

AS RIBEIRAS APAVORADAS

Então os seiscentos juncos de guerra e os quarenta mil piratas vitoriosos da Viúva soberba remontaram ao estuário do Si-Kiang, multiplicando incêndios e festas espantosas e órfãos a bombordo e a estibordo. Houve aldeias inteiras arrasadas. Numa só delas, o número de prisioneiros passou de mil. Cento e vinte mulheres que solicitaram o confuso amparo dos juncais e arrozais vizinhos foram denunciadas pelo irrefreável choro de uma criança e logo vendidas em Macau. Embora distantes, as miseráveis lágrimas e lutos daquela depredação chegaram aos ouvidos de Kia-King, o Filho do Céu. Certos historiadores pretendem que o condoeram menos que o desastre de sua expedição punitiva. A verdade é que organizou uma segunda, terrível em estandartes, em marinheiros, em soldados, em apetrechos de guerra, em provisões, em áugures e astrólogos. O comando recaiu dessa vez em Ting-Kvei. Essa pesada multidão de naves remontou ao delta do Si-Kiang e fechou a passagem da esquadra dos piratas. A Viúva preparou-se para a batalha. Sabia-a difícil, muito difícil, quase desesperada; noites e meses de saque e de ócio haviam afrouxado seus homens. A batalha não começava nunca. Sem pressa o sol se levantava e se punha sobre os caniços trêmulos. Os homens e as armas velavam. Os meios-dias eram mais poderosos, as sestas, infinitas.

O DRAGÃO E A RAPOSA

Contudo, altos bandos preguiçosos de leves dragões surgiam cada entardecer das naves da esquadra imperial e pousavam com delicadeza na água e nas cobertas inimigas. Eram construções aéreas de papel e caniço, feito cometas, e sua superfície prateada ou vermelha repetia idênticos caracteres. A Viúva examinou com ansiedade aqueles meteoros regulares e leu neles a lenta e confusa fábula de um dragão que sempre protegera uma raposa, apesar de suas persistentes ingratidões e constantes delitos. Afinou-se no céu a lua, e as figuras de papel e caniço traziam toda tarde a mesma história, com variantes quase imperceptíveis. A Viúva afligia-se e pensava. Quando a lua se tornou cheia no céu e na água avermelhada, a história pareceu chegar ao fim. Ninguém podia predizer se um ilimitado perdão ou se um ilimitado castigo se abateria sobre a raposa; o fim inevitável aproximava-se. A Viúva compreendeu. Jogou suas duas espadas no rio, ajoelhou-se num bote e ordenou que a conduzissem até a nave do comando imperial.

Era no entardecer: o céu estava cheio de dragões, dessa vez amarelos. A Viúva murmurava uma frase: "A raposa procura a asa do dragão", disse ao subir a bordo.

A APOTEOSE

Os cronistas relatam que a raposa obteve o perdão e dedicou sua lenta velhice ao contrabando de ópio. Deixou de ser a Viúva; assumiu um nome cuja tradução vernácula é Brilho da Verdadeira Instrução.

"Desde aquele dia", escreve um historiador, "os navios recuperaram a paz. Os quatro mares e os rios inumeráveis se tornaram seguros e felizes caminhos.

"Os lavradores puderam vender as espadas e comprar bois para o arado de seus campos. Fizeram sacrifícios, ofereceram orações nos cumes das montanhas e se regozijaram durante o dia cantando atrás de biombos."

o provedor
de iniquidades
monk eastman

OS DESTA AMÉRICA

Bem perfilados diante de um fundo de paredes azul-celeste ou do céu aberto, dois *compadritos* resguardados em séria roupa negra dançam com sapatos de mulher uma dança gravíssima, que é a das facas parecidas, até que de uma orelha salta um cravo porque o punhal penetrou num homem que encerra com sua morte horizontal o baile sem música. Resignado, o outro acomoda o chapéu e consagra a velhice à narração daquele duelo tão limpo. Essa é a história detalhada e completa de nossa canalha. A dos valentões de Nova York é mais vertiginosa e mais desastrada.

OS DA OUTRA

A história das gangues de Nova York (revelada em 1928 por Herbert Asbury num decoroso volume de quatrocentas páginas in-oitavo) tem a confusão e a crueldade das cosmogonias bárbaras, e muito de sua gigantesca inépcia: porões de antigas cervejarias habilitados para cortiços de negros, uma raquítica Nova York de três andares, bandos de pilantras como os Anjos do Pântano (Swamp Angels) que andavam à espreita entre labirintos de cloacas, bandos de delinquentes como os Daybreak Boys (Garotos da Alvorada) que recrutavam assassinos precoces de dez e onze anos, gigantes solitários e descarados Cartolas Ferozes (Plug Uglies) que buscavam o inverossímil riso do próximo com o firme chapéu de copa alta cheio de lã e as fraldas da camisa ondeantes no vento do subúrbio, mas com um porrete na mão direita e um pau de fogo enorme; bandos de marginais como os Coelhos Mortos (Dead Rabbits) que iam para a briga sob a insígnia de um coelho morto na ponta de um pau; homens como Johnny Dolan, o Dândi, famoso pelo topete besuntado sobre a testa, pelas bengalas com cabeça de macaco e pelo fino apetrecho de cobre que costumava usar no polegar para vazar os olhos do adversário; homens como Kit Burns, capaz de decapitar com uma única mordida um rato vivo; homens como Blind Danny Lyons, rapaz loiro de imensos olhos mortos, rufião de três rameiras que circulavam com orgulho por ele; filas de casas com lampião vermelho, como as dirigidas pelas sete irmãs da Nova Inglaterra, que destinavam os ganhos da noite de Natal à caridade; rinhas de ratos famélicos e de cães; casas de jogo chinesas; mulheres como as várias vezes viúva Red Norah, amada e ostentada por todos os varões que dirigiram a gangue dos Gophers; mulheres como Lizzie the Dove, que ficou de luto quando executaram Danny Lyons e morreu degolada por Gentle Maggie, que disputou com ela a antiga paixão do finado homem cego; motins como o de uma semana selvagem de 1863, quando foram incendiados cem edifícios e que quase tomam conta da cidade; combates de rua nos quais um homem se perdia como no mar porque o pisoteavam até a morte; ladrões e envenenadores de cavalo como Yoske Nigger — tecem aquela caótica história. Seu herói mais famoso é Edward Delaney, aliás, William Delaney, aliás, Joseph Marvin, aliás, Joseph Morris, aliás, Monk Eastman, chefe de mil e duzentos homens.

O HERÓI

Esses disfarces graduais (penosos como um jogo de máscaras em que não se sabe ao certo quem é quem) omitem seu nome verdadeiro — se é que nos atrevemos a pensar que haja tal coisa no mundo. A verdade é que no registro civil de Williamsburg, Brooklyn, o nome é Edward Ostermann, americanizado em Eastman mais tarde. Coisa estranha, aquele bandido tempestuoso era judeu. Descendia de um dono de restaurante dos que anunciam *kosher*, onde varões de barbas rabínicas podem assimilar sem perigo a carne dessangrada e três vezes limpa de vitelas degoladas com retidão. Aos dezenove anos, por volta de 1892, abriu com auxílio do pai uma loja de pássaros. Investigar a vida dos animais, observar suas pequenas decisões e sua inescrutável inocência, foi uma paixão que o acompanhou até o final. Em épocas de esplendor posteriores, quando recusava com desdém os charutos de folha dos sardentos *sachems* de Tammany ou visitava os melhores prostíbulos num coche, espécie precoce de automóvel que parecia o filho natural de uma gôndola, abriu uma segunda e falsa casa de comércio que hospedava cem gatos finos e mais de quatrocentas pombas que não estavam à venda para qualquer um. Gostava deles individualmente e costumava percorrer a pé seu território com um gato feliz no braço, e outros que o seguiam enciumados.

Era um homem em ruínas e monumental. O pescoço era curto, como de touro, o peito inexpugnável, os braços lutadores e longos, o nariz quebrado, o rosto embora marcado de cicatrizes menos importante que o corpo, as pernas arqueadas como as de ginete ou de marinheiro. Podia prescindir de camisa como também de paletó, mas não de uma cartolinha de abas curtas sobre a cabeça ciclópica. Os homens cuidam de sua memória. Fisicamente, o pistoleiro convencional dos filmes é um arremedo dele, não do ambivalente e balofo Capone. De Wolheim dizem que o empregaram em Hollywood porque seus traços aludiam diretamente ao do deplorado Monk Eastman... Este saía para percorrer seu império celerado com uma pomba de penas azuis no ombro, feito um touro com um bem-te-vi no lombo.

Por volta de 1894, eram numerosos os salões de baile público na cidade de Nova York. Eastman foi encarregado de manter a ordem num deles. Conta a lenda que o empresário não o quis receber e que Monk demonstrou sua capacidade demolindo com fragor o par de gigantes que detinham o emprego. Exerceu-o até 1899, temido e só.

Para cada arruaceiro que ele serenava, fazia com a faca uma marca no brutal porrete. Certa noite, uma calva resplandecente que se inclinava sobre um *bock* de cerveja chamou sua atenção, e desfaleceu-a com uma cacetada. "Me faltava uma marca para cinquenta!", exclamou depois.

O MANDO

Desde 1899, Eastman não era apenas famoso. Era mandachuva eleitoral de uma zona importante, e recebia fortes subsídios das casas de lampião vermelho, das casas de jogo, de mulheres da rua e de ladrões daquele sórdido feudo. Os comitês consultavam-no para organizar diretórios, e também os particulares. Eis aqui seus honorários: quinze dólares por uma orelha arrancada; dezenove por uma perna quebrada; vinte e cinco por um tiro numa perna; vinte e cinco por uma punhalada; cem pelo negócio todo. Às vezes, para não perder o costume, Eastman executava pessoalmente uma encomenda.

Uma questão de limites (sutil e enfezada como as outras que o direito internacional posterga) colocou-o diante de Paul Kelly, famoso capitão de outro bando. Tiros e entreveros das patrulhas tinham determinado uma fronteira. Eastman atravessou-a num amanhecer e foi acometido por cinco homens. Com aqueles braços vertiginosos de macaco e com o porrete fez dançar três, mas lhe meteram duas balas no abdômen e abandonaram-no como morto. Eastman segurou a ferida quente com o polegar e o índice e caminhou com passos de bêbado até o hospital. A vida, a febre alta e a morte disputaram-no por várias semanas, mas seus lábios não se rebaixaram a delatar ninguém. Quando saiu, a guerra era um fato e floresceu em contínuos tiroteios até 19 de agosto de 1903.

A BATALHA DE RIVINGTON

Uns cem heróis vagamente diferentes das fotografias que esmaecerão nos prontuários, uns cem heróis saturados de fumaça de tabaco e álcool, uns cem heróis de chapéu de palha com fita colorida, uns cem heróis afetados uns mais que outros por doenças vergonhosas, cáries, males das vias respiratórias ou do rim, uns cem heróis tão insignificantes ou esplêndidos como os de Troia ou Junín, travaram esse denigrido feito de armas à sombra dos arcos do Elevated. A causa foi o tributo exigido pelos pistoleiros de Kelly ao empresário de uma casa de jogo, compadre de Monk Eastman. Um dos pistoleiros foi morto, e o tiroteio subsequente cresceu numa batalha de incontáveis revólveres. Do abrigo dos altos pilares, homens de queixo raspado atiravam em silêncio e eram o centro de um apavorado horizonte de coches de aluguel carregados de impacientes reforços, com artilharia Colt nos punhos. Que sentiram os protagonistas daquela batalha? Primeiro (creio) a brutal convicção de que o estrépito insensato de cem revólveres ia aniquilá-los imediatamente; segundo (creio), a não menos errônea segurança de que, se a descarga inicial não os derrubara, seriam invulneráveis. A verdade é que lutaram com fervor, escorados pelo parapeito do ferro e da noite. Duas vezes a polícia interveio e duas vezes foi rechaçada. Ao primeiro vislumbre do amanhecer, o combate morreu, como se fosse obsceno ou espectral. Debaixo dos grandes arcos de engenharia ficaram sete gravemente feridos, quatro cadáveres e uma pomba morta.

OS RANGIDOS

Os políticos paroquiais, a cujo serviço estava Monk Eastman, sempre desmentiram publicamente que houvesse tais gangues, ou esclareceram que se tratava de meras sociedades recreativas. A indiscreta batalha de Rivington alarmou-os. Convocaram os dois capitães para persuadi-los da necessidade de uma trégua. Kelly (bem sabendo que os políticos eram mais aptos que os revólveres Colt para arrefecer a ação da polícia) disse, ato contínuo, que sim; Eastman (com a soberba de seu corpo grande e bruto) ansiava por mais detonações e mais refregas. Começou por recusar e tiveram de ameaçá-lo com a prisão. Afinal os dois ilustres malfeitores conferenciaram num bar, cada um com seu charuto de folha na boca, a direita no revólver e a vigilante nuvem de pistoleiros ao redor. Chegaram a uma decisão muito americana: confiar a uma luta de boxe a disputa. Kelly era um boxeador habilíssimo. Realizou-se o duelo num galpão e foi extravagante. Cento e quarenta espectadores viram-no, entre *compadres* de cartola torta e mulheres de frágil penteado monumental. Durou duas horas e terminou numa completa exaustão. Na semana seguinte pipocaram os tiroteios. Monk foi preso, pela enésima vez. Os protetores desinteressaram-se dele com alívio; o juiz vaticinou-lhe, com toda a justiça, dez anos de cárcere.

EASTMAN CONTRA A ALEMANHA

Quando o ainda perplexo Monk saiu de Sing Sing, os mil e duzentos gângsteres sob seu comando estavam desgarrados. Não soube juntá-los e se resignou a operar por sua própria conta. No dia 8 de setembro de 1917, promoveu desordem na via pública. No dia 9, resolveu participar noutra desordem e alistou-se num regimento de infantaria. Sabemos vários traços de sua campanha. Sabemos que desaprovou com fervor a captura de prisioneiros e que certa vez (com apenas a culatra do fuzil) impediu essa prática deplorável. Sabemos que conseguiu evadir-se do hospital para voltar às trincheiras. Sabemos que se distinguiu nos combates perto de Montfaucon. Sabemos que depois opinou que muitos bailinhos do Bowery eram mais brutos que a guerra europeia.

MISTERIOSO, LÓGICO FIM

No dia 25 de dezembro de 1920, o corpo de Monk Eastman amanheceu numa das ruas centrais de Nova York. Recebera cinco balaços. Desconhecedor feliz da morte, um gato dos mais ordinários rondava-o com certa perplexidade.

o assassino desinteressado bill harrigan

A imagem das terras do Arizona, antes de qualquer outra imagem: a imagem das terras do Arizona e do Novo México, terras com um ilustre fundamento de ouro e prata, terras vertiginosas e aéreas, terras da meseta monumental e das delicadas cores, terras com branco resplendor de esqueleto pelado pelos pássaros. Nessas terras, outra imagem, a de Billy the Kid: o cavaleiro cravado sobre o cavalo, o jovem dos duros disparos que aturdem o deserto, o emissor de balas invisíveis que matam a distância, feito magia.

O deserto com veios de metais, árido e reluzente. O quase menino que, ao morrer com vinte e um anos, devia à justiça dos homens vinte e uma mortes — "sem contar os mexicanos".

O ESTADO LARVAL

Por volta de 1859, o homem que para o terror e a glória seria Billy the Kid nasceu num cortiço subterrâneo de Nova York. Dizem que o pariu um fatigado ventre irlandês, mas foi criado entre negros. Naquele caos de catinga e de carapinhas, gozou o primado que as sardas e uma risca de cabelo arruivado concedem. Praticava o orgulho de ser branco; também era mirrado, chucro, soez. Aos doze anos militou na gangue dos Swamp Angels (Anjos do Pântano), divindades que agiam entre as cloacas. Nas noites com odor a névoa queimada emergiam daquele fétido labirinto, seguiam o rumo de algum marinheiro alemão, derrubavam-no com uma pedrada, despojavam-no até da roupa de baixo, e se restituíam à outra sujeira. Eram comandados por um negro encanecido, Gas Houser Jonas, também famoso como envenenador de cavalos.

Às vezes, do sótão de alguma casa corcovada perto da água, uma mulher despejava sobre a cabeça de algum transeunte um balde de cinza. O homem ficava agitado e se afogava. De imediato os Anjos do Pântano pululavam sobre ele, carregavam-no pela boca de um porão e saqueavam-no.

Tais foram os anos de aprendizagem de Bill Harrigan, o futuro Billy the Kid. Não desdenhava as ficções teatrais; gostava de assistir (talvez sem qualquer pressentimento de que fossem símbolos e letras de seu destino) aos melodramas de caubóis.

GO WEST!

Se nos populosos teatros do Bowery (cujos frequentadores vociferavam "Levantem o trapo!" à menor impontualidade da cortina) eram numerosos aqueles melodramas de cavaleiros e tiros, a banalíssima razão disso é que a América padecia então da paixão do Oeste. Atrás dos poentes estava o ouro do Nevada e da Califórnia. Atrás dos poentes estava o machado demolidor de cedros, a enorme cara babilônica do bisão, o chapéu de copa alta e o numeroso leito de Brigham Young, as cerimônias e a ira do pele-vermelha, o ar desanuviado dos desertos, a ilimitada planície, a terra fundamental cuja vizinhança acelera a batida do coração como a proximidade do mar. O Oeste chamava. Um contínuo rumor compassado povoou aqueles anos: o de milhares de homens americanos rumo à ocupação do Oeste. Entre eles, por volta de 1872, estava o sempre serpenteante Bill Harrigan, fugindo de uma cela retangular.

DEMOLIÇÃO DE UM MEXICANO

A História (que, à semelhança de certo diretor cinematográfico, procede por imagens descontínuas) propõe agora a de uma arriscada taberna, que está no todo-poderoso deserto como em alto-mar. O tempo, uma destemperada noite do ano de 1873; o lugar preciso, o Llano Estacado (Novo México). A terra é quase sobrenaturalmente lisa, mas o céu de nuvens desniveladas, com rasgões de tormenta e luar, está cheio de poços que se abismam e de montanhas. Na terra há o crânio de uma vaca, latidos e olhos de coiote na sombra, finos cavalos e a luz alongada da taberna. Dentro, acotovelados no único balcão, homens cansados e fornidos bebem um álcool arreliento e fazem ostentação de grandes moedas de prata, com uma serpente e uma águia. Um bêbado canta impassivelmente. Há os que falam um idioma com muitos esses, que deve ser espanhol, já que aqueles que o falam são desprezados. Bill Harrigan, rato arruivado de cortiço, está entre os bebedores. Acabou com um par de aguardentes e pensa pedir mais outro, talvez porque não lhe reste um centavo. Os homens daquele deserto aniquilam-no. Acha-os tremendos, tempestuosos, felizes, odiosamente sábios no manejo da criação bravia e de altos cavalos. De repente se faz um silêncio total, só ignorado pela voz desatinada do bêbado. Entrou um mexicano mais que fornido, com cara de índia velha. Exagera num avantajado sombreiro e em duas pistolas laterais. Num duro inglês deseja boa-noite a todos os gringos filhos de uma cadela que estão bebendo. Ninguém aceita o desafio. Bill pergunta quem é, e lhe sussurram temerosamente que o *Dago* — o *Diego* — é Belisario Villagrán, de Chihuahua. Uma detonação retumba a seguir. Escorado por aquele cordão de homens altos, Bill disparou contra o intruso. A taça cai da mão de Villagrán; depois, o homem inteiro. O homem não precisa de outra bala. Sem se dignar a olhar para o morto de primeira, Bill reata a conversa. "Verdade?", diz.[2] "Pois eu sou Bill Harrigan, de Nova York." O bêbado continua cantando, insignificante.

Já se adivinha a apoteose. Bill concede apertos de mão e aceita adulações, hurras e uísques. Alguém observa que não há marcas em seu revólver. Billy the Kid fica com o canivete daquele alguém, mas diz "que não vale a pena anotar mexicanos". Aquilo talvez não bastasse. Bill, naquela noite, estende sua cama junto do cadáver e dorme até a aurora — ostentosamente.

2 *Is that so?, he drawled.*

MORTES PORQUE SIM

Daquela feliz detonação (aos catorze anos de idade) nasceu Billy the Kid, o Herói, e morreu o furtivo Bill Harrigan. O rapazote da cloaca e da pedrada ascendeu a homem de fronteira. Tornou-se cavaleiro; aprendeu a montar ereto no cavalo à maneira do Wyoming ou do Texas, não com o corpo inclinado para trás, à maneira do Oregon ou da Califórnia. Nunca se assemelhou por completo à sua lenda, mas foi se aproximando. Algo do valentão de Nova York perdurou no caubói; depositou nos mexicanos o ódio que antes lhe inspiravam os negros, mas as últimas palavras que disse foram palavrões em espanhol. Aprendeu a arte errante dos tropeiros. Aprendeu a outra, mais difícil, de mandar nos homens; ambas o ajudaram a ser um bom ladrão de gado. Às vezes os violões e os bordéis do México o arrastavam.

Com a lucidez atroz da insônia, organizava concorridas orgias que duravam quatro dias e quatro noites. Afinal, enjoado, pagava a conta com tiros. Enquanto o dedo no gatilho não lhe falhou, foi o homem mais temido (e talvez mais ninguém e mais só) daquela fronteira. Garrett, amigo dele, o xerife que mais tarde o matou, disse-lhe uma vez: "Exercitei muito a pontaria, matando búfalos". "E eu a exercitei mais matando homens", replicou suavemente. Os pormenores são irrecuperáveis, mas sabemos que deveu até vinte e uma mortes — "sem contar os mexicanos". Durante sete arriscadíssimos anos praticou esse luxo: a coragem.

Na noite de 25 de julho de 1880, Billy the Kid atravessou a galope de seu cavalo malhado a rua principal ou única de Fort Sumner. O calor apertava e não haviam acendido os lampiões; o comissário Garrett, sentado numa cadeira de balanço num corredor, sacou o revólver e desfechou-lhe um tiro na barriga. O malhado continuou; o cavaleiro despencou na rua de terra. Garrett pespegou-lhe outro balaço. O povo (sabedor de que o ferido era Billy the Kid) trancou bem as janelas. A agonia foi longa e blasfematória. Já com o sol bem alto, foram se acercando e desarmaram-no; o homem estava morto. Notaram-lhe o ar de traste que têm os defuntos.

Barbearam-no, vestiram-no com roupa pronta e exibiram-no para o espanto e as zombarias na vitrine do melhor armazém.

Homens a cavalo ou em tílburi acudiram de léguas da redondeza. No terceiro dia tiveram de maquiá-lo. No quarto dia, enterraram-no com júbilo.

o incivil mestre de cerimônias kotsuké no suké

O infame deste capítulo é o incivil mestre de cerimônias Kotsuké no Suké, aziago funcionário que motivou a degradação e a morte do senhor da Torre de Ako e não quis se matar como um cavalheiro quando a vingança apropriada o cominou. É homem que merece a gratidão de todos os homens, porque despertou preciosas lealdades e foi a negra e necessária ocasião de uma empresa imortal. Uma centena de romances, de monografias, de teses doutorais e de óperas comemoram o fato — para não falar das efusões em porcelana, em lápis-lazúli estriado e em laca. Até o versátil celuloide serve para isso, já que a História Doutrinal dos Quarenta e Sete Capitães — tal é o seu nome — é a mais repetida inspiração do cinema japonês. A minuciosa glória que essas ardentes atenções afirmam é algo mais que justificável: é imediatamente justa para qualquer um.

Sigo a redação de A. B. Mitford, que omite as contínuas distrações que a cor local produz, e prefere dar atenção ao movimento do glorioso episódio. Essa boa falta de "orientalismo" permite suspeitar que se trata de uma versão direta do japonês.

O CORDÃO DESATADO

Na esmaecida primavera de 1702, o ilustre senhor da Torre de Ako teve de receber e agasalhar um emissário imperial. Dois mil e trezentos anos de cortesia (alguns mitológicos) tinham complicado angustiosamente o cerimonial da recepção. O emissário representava o imperador, mas à maneira de alusão ou de símbolo: matiz que não era menos improcedente acentuar que atenuar. Para impedir erros muito facilmente fatais, um funcionário da corte de Yedo precedia-o na qualidade de mestre de cerimônias. Longe da comodidade cortesã e condenado a uma *villégiature* nas montanhas, que deve ter lhe parecido um desterro, Kira Kotsuké no Suké dava, sem graça, as instruções. Às vezes, aumentava até a insolência o tom magistral. Seu discípulo, o senhor da Torre, procurava dissimular essas chacotas. Não sabia revidar e a disciplina lhe vedava toda violência. Uma manhã, porém, o cordão do sapato do mestre se desatou e este lhe pediu que o reatasse. Foi o que fez o cavalheiro com humildade, mas com indignação interior. O incivil mestre de cerimônias disse-lhe que, na verdade, ele era incorrigível, e que só um grosseiro era capaz de dar um nó tão desajeitado. O senhor da Torre sacou a espada e lhe desferiu um golpe. O outro fugiu, apenas com a testa rubricada por um tênue fio de sangue... Dias depois o tribunal militar proferia sentença contra o agressor, condenando-o ao suicídio. No pátio central da Torre de Ako ergueram um estrado de feltro vermelho e nele se mostrou o condenado: entregaram-lhe um punhal de ouro e pedras, e ele confessou publicamente sua culpa e foi se despindo até a cintura e abriu a própria barriga com duas feridas rituais e morreu como um *samurai*; os espectadores mais distantes não viram sangue porque o feltro era vermelho. Um homem encanecido e cuidadoso decapitou-o com a espada: o conselheiro Kuranosuké, seu padrinho.

O SIMULADOR DA INFÂMIA

A Torre de Takumi no Kami foi confiscada; seus capitães, debandados; sua família, arruinada e obscurecida; seu nome, exposto à execração. Um boato quer que, na mesma noite em que se matou, quarenta e sete de seus capitães deliberaram no cume de uma montanha e planejaram, com toda a precisão, o que se produziu um ano mais tarde. A verdade é que devem ter procedido entre demoras justificadas e que alguns daqueles concílios teve lugar, não no cume difícil de uma montanha, mas numa capela num bosque, medíocre pavilhão de madeira branca, sem outro adorno a não ser a caixa retangular que contém um espelho. Tinham sede de vingança e a vingança deve ter lhes parecido inalcançável.

Kira Kotsuké no Suké, o odiado mestre de cerimônias, fortificara sua casa, e uma nuvem de arqueiros e de esgrimistas custodiava seu palanquim. Contava com espias incorruptíveis, pontuais e secretos. Mais do que a ninguém, espreitavam e vigiavam o pretenso capitão dos vingadores: Kuranosuké, o conselheiro. Este se deu conta por acaso e fundou o projeto de vingança sobre esse dado.

Mudou-se para Kyoto, cidade insuperável em todo o império pela cor de seus outonos. Deixou-se arrebatar pelos lupanares, pelas casas de jogo e pelas tabernas. Apesar das cãs, acotovelou-se com rameiras e com poetas, e até com gente pior. Uma vez o expulsaram de uma taberna e amanheceu adormecido no umbral, a cabeça estatelada num vômito.

Um homem de Satsuma reconheceu-o e disse com tristeza e com ira: "Não é este, porventura, aquele conselheiro de Asano Takumi no Kami, que o ajudou a morrer e que, em vez de vingar seu senhor, se entrega a deleites e à vergonha? Oh, tu, indigno do nome de Samurai!".
Pisou-lhe o rosto adormecido e cuspiu nele. Quando os espias denunciaram aquela passividade, Kotsuké no Suké sentiu um grande alívio. Os fatos não pararam aí. O conselheiro despediu a mulher e o filho mais novo, e comprou uma amante num lupanar, famosa infâmia que alegrou o coração e relaxou a temerosa prudência do inimigo. Este acabou por despachar a metade de seus guardas.

Numa das noites atrozes do inverno de 1703, os quarenta e sete capitães encontraram-se num jardim abandonado dos arredores de Yedo, perto de uma ponte e da fábrica de baralhos. Iam com as bandeiras de seu senhor. Antes de empreender o assalto, avisaram os vizinhos que não se tratava de um atentado, mas de uma operação militar de estrita justiça.

A CICATRIZ

Dois bandos atacaram o palácio de Kira Kotsuké no Suké. O conselheiro comandou o primeiro, que atacou a porta da frente; o segundo, seu filho mais velho, que ia completar dezesseis anos e que morreu naquela noite. A história sabe os diversos momentos daquele pesadelo tão lúcido: a descida arriscada e pendular pelas escadas de corda, o tambor do ataque, a precipitação dos defensores, os arqueiros postados no terraço, o reto destino das flechas rumo aos órgãos vitais do homem, as porcelanas infamadas pelo sangue, a morte ardente que depois é glacial; os impudores e as desordens da morte. Nove capitães morreram; os defensores não eram menos valentes e não quiseram se render. Pouco depois da meia-noite toda a resistência cessou.

Kira Kotsuké no Suké, razão ignominiosa daquelas lealdades, não aparecia. Procuraram-no por todos os cantos daquele comovido palácio e já desesperavam de encontrá-lo quando o conselheiro notou que os lençóis estavam ainda mornos. Voltaram a procurar e descobriram uma janela estreita, dissimulada por um espelho de bronze. Embaixo, de um patiozinho sombrio, olhava para eles um homem de branco. Uma espada trêmula estava em sua direita. Quando desceram, o homem entregou-se sem lutar. Riscava-lhe a testa uma cicatriz: velho desenho do aço de Takumi no Kami.

Então, os sangrentos capitães lançaram-se aos pés do homem execrado e disseram-lhe que eram os oficiais do senhor da Torre, de cuja perdição e de cujo fim ele era o culpado, e pediram-lhe que se suicidasse, como um *samurai* deve fazê-lo.

Em vão propuseram aquele decoro a seu espírito servil. Era varão inacessível à honra; de madrugada tiveram de degolá-lo.

O TESTEMUNHO

Já satisfeita sua vingança (mas sem ira e sem agitação e sem dó), os capitães dirigiram-se ao templo que guarda as relíquias de seu senhor.

Num caldeirão levam a incrível cabeça de Kira Kotsuké no Suké e se revezam para cuidar dela. Atravessam os campos e as províncias, à luz sincera do dia. Os homens os bendizem e choram. O príncipe de Sendai quer hospedá-los, mas respondem que já faz dois anos que seu senhor os aguarda. Chegam ao obscuro sepulcro e oferecem a cabeça do inimigo.

A Suprema Corte emite seu veredicto. É o esperado: foi-lhes outorgado o privilégio do suicídio. Todos o cumprem, alguns com ardente serenidade, e repousam ao lado de seu senhor. Homens e crianças vêm rezar ao pé do sepulcro daqueles homens tão fiéis.

O HOMEM DE SATSUMA

Entre os peregrinos que acodem, há um rapaz poeirento e cansado que deve ter vindo de longe. Prosterna-se diante do monumento de Oishi Kuranosuké, o conselheiro, e diz em voz alta: "Eu te vi estendido na porta de um lupanar de Kyoto e não pensei que estavas meditando a vingança de teu senhor, e te julguei um soldado sem fé e te cuspi no rosto. Vim dar-te satisfação". Disse isso e cometeu *harakiri*.

O prior condoeu-se de sua valentia e deu-lhe sepultura no lugar onde os capitães repousam.

Esse é o fim da história dos quarenta e sete homens leais — salvo que não tem fim, porque os outros homens, nós que não somos talvez leais mas que jamais vamos perder de todo a esperança de sê-lo, continuaremos a honrá-los com palavras.

o tintureiro mascarado hákim de merv

para Angélica Ocampo

Se não me engano, as fontes originais de informação acerca de Al Moqanna, o Profeta Velado (ou, mais estritamente, Mascarado) do Jorasán, reduzem-se a quatro: a) os excertos da *História dos califas* conservados por Baladhuri; b) o *Manual do gigante* ou *Livro da precisão e da revisão*, do historiador oficial dos abássidas, Ibn abi Tair Tarfur; c) o códice árabe intitulado *A aniquilação da rosa*, no qual se refutam as heresias abomináveis da *Rosa escura* ou *Rosa escondida*, que era o livro canônico do Profeta; d) moedas sem efígie desenterradas pelo engenheiro Andrusov numa demolição da Estrada de Ferro Transcaspiana. Essas moedas foram depositadas no Gabinete Numismático de Teerã e contêm dísticos persas que resumem ou corrigem passagens da *Aniquilação*. A Rosa original se perdeu, já que o manuscrito encontrado em 1899, publicado não sem leviandade pelo *Morgenländisches Archiv*, foi declarado apócrifo por Horn e depois por Sir Percy Sykes.

A fama ocidental do Profeta deve-se a um palavroso poema de Moore, carregado de suspiros e saudades de conspirador irlandês.

A PÚRPURA ESCARLATE

Aos 120 anos da Hégira e 736 da Cruz, o homem Hákim, que os homens daquele tempo e daquele espaço apelidariam logo de O Velado, nasceu no Turquestão. Sua pátria foi a antiga cidade de Merv, cujos jardins e vinhedos e campinas olham tristemente para o deserto. O meio-dia é branco e deslumbrante, quando não obscurecido pelas nuvens de pó que sufocam os homens e deixam uma lâmina esbranquiçada nos cachos negros.
Hákim foi criado nessa cidade cansada. Sabemos que um irmão de seu pai o adestrou no ofício de tintureiro: arte de ímpios, de falsários e de inconstantes que inspirou os primeiros anátemas de sua pródiga carreira.

"Meu rosto é de ouro", declara numa página da *Aniquilação*, "mas macerei a púrpura e mergulhei na segunda noite a lã não cardada e embebi na terceira noite a lã preparada, e os imperadores das ilhas disputam entre si ainda aquela roupa sangrenta. Assim pequei nos anos de juventude e transtornei as verdadeiras cores das criaturas. O Anjo dizia-me que os carneiros não eram da cor dos tigres; Satã dizia-me que o Poderoso queria que o fossem e se valia de minha astúcia e minha púrpura. Agora sei que o Anjo e Satã se desviavam da verdade e que toda cor é abominável."

No ano 146 da Hégira, Hákim desapareceu de sua pátria. Encontraram destruídas as caldeiras e cubas de imersão, assim como um alfanje de Chiraz e um espelho de bronze.

O TOURO

No fim da lua de xabã do ano de 158, o ar do deserto estava muito claro e os homens olhavam para o poente em busca da lua de ramadã, que promove a mortificação e o jejum. Eram escravos, esmoleres, negociantes de cavalos, ladrões de camelos e magarefes. Gravemente sentados na terra, junto do portão de uma pousada de caravanas da rota de Merv, aguardavam o sinal. Olhavam para o ocaso, e a cor do ocaso era a da areia.

Do fundo do deserto vertiginoso (cujo sol dá febre, assim como a lua, o estupor) viram se adiantar três figuras, que lhes pareceram altíssimas. As três eram humanas e a do meio tinha cabeça de touro. Quando se aproximaram, viram que esta usava uma máscara e que os outros dois eram cegos.

Alguém (como nos contos d'*As mil e uma noites*) indagou a razão daquela maravilha. "São cegos", o homem da máscara declarou, "porque viram meu rosto."

O LEOPARDO

O cronista dos abássidas relata que o homem do deserto (cuja voz era singularmente doce, ou assim pareceu por diferir da brutalidade de sua máscara) lhes disse que eles aguardavam o sinal de um mês de penitência, mas que ele pregava um sinal melhor: o de toda uma vida de penitência e de uma morte infamante. Disse-lhes que era Hákim filho de Osman, e que, no ano 146 da Hégira, entrara um homem em sua casa e, após se purificar e rezar, tinha lhe cortado a cabeça com um alfanje e levara-a para o céu. Sobre a mão direita do homem (que era o anjo Gabriel) sua cabeça estivera perante o Senhor, que lhe deu a missão de profetizar e inculcou nele palavras tão antigas que sua repetição queimava as bocas e lhe infundiu um glorioso resplendor que os olhos mortais não toleravam. Tal era a justificação da Máscara. Quando todos os homens da Terra professassem a nova lei, o Rosto seria descoberto e eles poderiam adorá-lo sem risco — como já os anjos o adoravam. Proclamada sua mensagem, Hákim exortou-os a uma guerra santa — um *jihad* — e a seu conveniente martírio.

Os escravos, esmoleres, negociantes de cavalos, ladrões de camelos e magarefes negaram-lhe sua fé: uma voz gritou *bruxo*, e outra, *impostor*. Alguém havia trazido um leopardo — talvez um exemplar daquela raça esbelta e sangrenta que os monteiros persas educam. A verdade é que rompeu sua prisão. Excetuando-se o profeta mascarado e os dois acólitos, o povo se atropelou para fugir. Quando voltou, a fera tinha ficado cega. Diante dos olhos luminosos e mortos, os homens adoraram Hákim e admitiram sua virtude sobrenatural.

O PROFETA VELADO

O historiador oficial dos abássidas narra sem maior entusiasmo os progressos de Hákim, o Velado, no Kurassan. Essa província — muito comovida pela desventura e pela crucificação de seu mais famoso caudilho — abraçou com desesperado fervor a doutrina do Rosto Resplandecente, e tributou-lhe seu sangue e seu ouro. (Hákim, naquele momento, descartou sua efígie brutal por um quádruplo véu de seda branca recamado de pedras. A cor emblemática dos Banu Abbas era o preto; Hákim escolheu a cor branca — a mais contraditória — para o Véu Resguardador, os pendões e os turbantes.) A campanha começou bem. É verdade que no *Livro da precisão* as bandeiras do califa são vitoriosas em todo lugar, mas, como o resultado mais frequente dessas vitórias é a destituição de generais e o abandono de castelos inexpugnáveis, o avisado leitor sabe a que se ater. No final da lua de rejeb do ano de 161, a famosa cidade de Nixapur abriu suas portas de metal para o Mascarado; em princípios de 162, a de Astarabad. A atuação militar de Hákim (como a de outro profeta mais afortunado) reduzia-se à oração em voz de tenor, mas elevada à Divindade a partir de um lombo de camelo avermelhado, no coração agitado das batalhas. A seu redor, silvavam as setas, sem nunca feri-lo. Parecia buscar o perigo: na noite em que alguns leprosos detestados rondaram seu palácio, ordenou que se apresentassem, beijou-os e ofertou-lhes prata e ouro.

Delegava as fadigas de governar a seis ou sete adeptos. Era dado à meditação e à paz: um harém de cento e catorze mulheres cegas tratava de aplacar as necessidades de seu corpo divino.

OS ESPELHOS ABOMINÁVEIS

Desde que suas palavras não invalidem a fé ortodoxa, o islã tolera a aparição de amigos confidenciais de Deus, por indiscretos ou ameaçadores que sejam. O profeta talvez não tivesse desdenhado os favores daquele desdém, mas seus partidários, suas vitórias e a cólera pública do califa — que era Mohamed Al Mahdi — forçaram-no à heresia. Essa dissensão arruinou-o, mas antes o obrigou a definir os artigos de uma religião pessoal, ainda que com evidentes infiltrações das pré-histórias gnósticas.

No princípio da cosmogonia de Hákim há um Deus espectral. Essa divindade carece majestosamente de origem, assim como de nome e de rosto. É um Deus imutável, mas sua imagem projetou nove sombras que, condescendendo à ação, dotaram e presidiram um primeiro céu. Dessa primeira coroa demiúrgica procedeu uma segunda, também com anjos, potestades e tronos, e estes fundaram outro céu mais abaixo, que era a duplicação simétrica do inicial. Esse segundo conclave se viu reproduzido num terceiro e esse, noutro inferior, e assim até novecentos e noventa e nove. O senhor do céu do fundo é quem rege — sombra de sombras de outras sombras — e sua fração de divindade tende a zero.

A Terra que habitamos é um erro, uma incompetente paródia. Os espelhos e a paternidade são abomináveis, porque a multiplicam e afirmam. O asco é a virtude fundamental. Duas disciplinas (cuja escolha o profeta deixava livre) podem nos conduzir a ela: a abstinência e o excesso, o exercício da carne ou a castidade.

O paraíso e o inferno de Hákim não eram menos desesperados. "Aos que negam a Palavra, aos que negam o Véu Adornado de Joias e o Rosto", diz uma imprecação que se conserva da *Rosa escondida*, "prometo-lhes um inferno maravilhoso, porque cada um deles reinará sobre novecentos e noventa e nove impérios de fogo, e, em cada império, sobre novecentos e noventa e nove montes de fogo, e, em cada monte, sobre novecentos e noventa e nove torres de fogo, e, em cada torre, sobre novecentos e noventa e nove andares de fogo, e, em cada andar, sobre novecentos e noventa e nove leitos de fogo, e, em cada leito, estará ele, e novecentos e noventa e nove formas de fogo (que terão cara e voz) o torturarão para sempre." Noutro lugar corrobora: "Aqui na vida padeceis num só corpo; na morte e na Retribuição, em inumeráveis". O paraíso é menos concreto: "Sempre é noite e há piscinas de pedra, e a felicidade desse paraíso é a felicidade peculiar das despedidas, da renúncia e dos que sabem que dormem".

O ROSTO

No ano 163 da Hégira e quinto do Rosto Resplandecente, Hákim foi cercado em Sanam pelo exército do califa. Provisões e mártires não faltavam, e aguardava-se o iminente socorro de uma coorte de anjos de luz. Assim estava quando um espantoso boato atravessou o castelo. Contava-se que uma mulher adúltera do harém, ao ser estrangulada pelos eunucos, tinha gritado que faltava o dedo anular na mão direita do profeta e que os demais careciam de unhas. O rumor grassou entre os fiéis. Em pleno sol, num terraço elevado, Hákim pedia uma vitória ou sinal à divindade familiar. Com a cabeça inclinada, servil — como se corressem contra a chuva —, dois capitães arrancaram-lhe o Véu recamado de pedras.

Primeiro, houve um tremor. O prometido rosto do Apóstolo, o rosto que havia estado nos céus, era de fato branco, mas com a brancura peculiar da lepra manchada. Era tão avantajado ou incrível que lhes pareceu uma máscara carnavalesca. Não tinha sobrancelhas; a pálpebra inferior do olho direito pendia sobre o pômulo senil; um pesado cacho de tubérculos comia seus lábios; o nariz inumano e achatado era como o de um leão.

A voz de Hákim ensaiou um engano final: "Vosso pecado abominável vos proíbe de perceber meu esplendor...", começou a dizer.

Não o escutaram; transpassaram-no com lanças.

homem da esquina rosada

para Enrique Amorim

Logo pra mim, virem falar do finado Francisco Real. Eu o conheci, e isso que estes não eram os bairros dele, pois costumava andar pelo Norte, por aquelas bandas da lagoa de Guadalupe e da Bateria. Não tratei com ele mais de três vezes, e essas na mesma noite, mas é noite que não vou esquecer, pois nela veio a Lujanera, por querer, dormir no meu rancho, e Rosendo Juárez deixou, pra nunca mais voltar, o Arroio. Aos senhores, claro que falta a devida experiência pra reconhecer esse nome, mas Rosendo Juárez, o Pegador, era dos que cantavam mais grosso lá na Villa Santa Rita. Moço tido e havido por bamba com a faca, era um dos homens de dom Nicolás Paredes, que era um dos homens de Morel. Sabia dar as caras com muita panca no conventilho, num murzelo com enfeites de prata; homens e cachorros o respeitavam e as chinas também; ninguém ignorava que devia duas mortes; usava um chapelão alto, de aba fininha, sobre a cabeleira gordurosa; a sorte o mimava, como quem diz. Nós, os moços da Villa, o copiávamos até no jeito de cuspir. Uma noite, porém, ilustrou pra nós a verdadeira natureza de Rosendo.

Parece conto, mas a história daquela noite mais do que

esquisita começou com um carro de praça insolente com rodas encarnadas, cheio até o tope de homens, que ia aos solavancos por aqueles becos de barro duro, entre os fornos de tijolos e os terrenos baldios, e dois de preto, dá-lhe violão e zoada, e o da boleia que dava uma guasca na cachorrada solta que atravessava na frente do tordilho, e um de poncho que ia quieto no meio; aquele era o Curraleiro de tanto nome, e o homem ia pra brigar e matar. A noite era uma bênção de tão fresca; dois deles iam sobre a capota arriada, como se a solidão fosse um corso. Aquele foi o primeiro sucedido de tantos que houve, mas só depois é que ficamos sabendo. Nós, os rapazes, estávamos desde cedo no salão da Julia, que era um galpão de chapas de zinco, entre o caminho de Gauna e o Maldonado. Era um local que o senhor podia divulgar de longe, pela roda de luz que mandava o lampião sem-vergonha, e pelo barulho também. A Julia, embora de cor humilde, era das mais conscientes e sérias, de modo que não faltava quem tocasse música nem boa beberagem e parceiras resistentes pro baile. Mas a Lujanera, que era a mulher de Rosendo, dava em todas com sobra. Morreu, senhor, e digo que há anos em que nem penso nela, mas era preciso vê-la em seus dias, com aqueles olhos. Vê-la não dava sono.

A cachaça, a milonga, o mulherio, um palavrão condescendente da boca de Rosendo, uma palmada dele num montão de gente e que eu procurava sentir como amizade: a questão é que eu estava feliz da vida. Pra mim tocou uma parceira das melhores pra acompanhar, que ia como que adivinhando minha intenção. O tango fazia o que queria com a gente e nos arrastava e nos perdia e voltava a nos ordenar e juntar. Naquela diversão estavam os homens, a mesma coisa que num sonho, quando de repente a música me pareceu aumentar, e era que já se embolava com ela a dos guitarristas do carro, cada vez mais perto. Depois, a brisa que a trouxe enveredou pra outro rumo, e voltei a prestar atenção no meu corpo e no da parceira e nas conversações do baile. Muito depois, chamaram à porta com autoridade, uma pancada e uma voz. Em seguida, um silêncio geral, uma peitada poderosa na porta e o homem estava dentro. O homem era parecido com a voz.

Pra nós não era ainda Francisco Real, mas um sujeito alto, fornido, trajado inteiramente de preto, com uma *chalina** da cor de um baio jogada no ombro. A cara, lembro que era de índio, angulosa.

Ao se abrir, a folha da porta bateu em mim. Por pura afobação, caí em cima dele e lhe encaixei a esquerda na facha, enquanto com a direita sacava a faca afiada que carregava na cava do colete, junto do sovaco esquerdo. Pouco ia durar meu atropelo. O homem, pra se firmar, esticou os braços e me pôs de lado, como quem se livra de um estorvo. Deixou-me encolhido atrás, ainda com a mão debaixo do paletó, na arma inútil. Seguiu como se não fosse nada, adiante. Seguiu sempre mais alto que qualquer um dos que ia apartando, sempre como sem ver. Os primeiros — só uma italianada curiosa — abriram-se como leque, apressados. A coisa não durou. No amontoado seguinte já estava o Inglês à sua espera, e, antes de sentir no ombro a mão do forasteiro, colocou-a pra dormir com uma pranchada que tinha pronta. Foi verem

---

* Espécie de echarpe de lã que os homens usam sobre os ombros.

aquela pranchada, e já foram todos na fumaça dele. O estabelecimento tinha mais que muitas varas de fundo, e ele foi arrastado feito um cristo, quase de ponta a ponta, a empurrões, assovios e cuspidas. Primeiro lhe deram socos, depois, ao verem que nem aparava os golpes, simples bofetões com a mão aberta ou com a franja inofensiva das *chalinas*, como rindo dele. Também, como que o reservando pro Rosendo, que não tinha se mexido da parede do fundo, onde estava encostado, calado. Fumava com pressa seu cigarro, como se já entendesse o que vimos claro depois. O Curraleiro foi empurrado até ele, firme e ensanguentado, com aquela rajada de gentuça chiando atrás. Vaiado, maltratado, cuspido, só abriu a boca quando se encarou com Rosendo. Então olhou pra ele, limpou o rosto com o antebraço e disse estas coisas:

— Eu sou Francisco Real, um homem do Norte. Sou Francisco Real, que chamam de Curraleiro. Consenti a esses infelizes que me alçassem a mão porque o que estou procurando é um homem. Andam por aí uns loroteiros dizendo que nestas paragens há um, que chamam de Pegador, que tem fama de riscar a faca e de durão. Quero encontrá-lo pra que me ensine, a mim que sou nicles, o que é um homem de coragem de se ver.

Disse essas coisas e não tirou os olhos de cima dele. Agora lhe brilhava uma baita faca na mão direita, que na certa ele tinha trazido na manga. Ao redor os que empurraram foram se abrindo, e todos olhávamos para os dois, num silêncio grande. Até a fuça do mulato cego que tocava violino acatava esse rumo.

Nisso, ouço que se deslocavam atrás, e vejo junto da moldura da porta seis ou sete homens, que seriam a turma do Curraleiro. O mais velho, um homem com ar do interior, curtido, de bigode grisalho, adiantou-se para ficar como encadeado por tanto mulherio e tanta luz, e descobriu-se com respeito. Os outros vigiavam, prontos para entrar cortando se o jogo não fosse limpo. Enquanto isso, o que acontecia com Rosendo, que não expulsava a pontapés aquele garganta? Continuava calado, sem erguer os olhos. O cigarro não sei se cuspiu ou deixou cair da cara. Afinal pôde dar com algumas palavras, mas tão devagar que para os da outra ponta do salão não chegou até nós o que disse. Francisco Real tornou a desafiá-lo, e ele a se negar. Então, o mais jovem dos estranhos assoviou. A Lujanera olhou pra ele com ódio, abriu passagem com a cabeleira nas costas, entre os do carro e as chinas, e foi no rumo do seu homem, meteu-lhe a mão no peito, sacou sua faca desembainhada e deu-a a ele com estas palavras:

— Rosendo, acho que você está precisando dela.

Na altura do teto havia uma espécie de janela comprida que dava pro riacho. Rosendo recebeu a faca com as duas mãos e botou os olhos nela como se não a reconhecesse. De repente se inclinou pra trás, e a faca voou direto e foi se perder lá fora, no Maldonado. Senti como um frio.

— Não te meto a faca só de nojo de te carnear — disse o outro, e levantou a mão pra castigá-lo. Então a Lujanera se agarrou nele, passou-lhe os braços pelo pescoço e, olhando pra ele com aqueles olhos, disse-lhe com raiva:

— Deixa esse aí que nos fez acreditar que era um homem.

Francisco Real ficou atrapalhado por um momento, mas em seguida a abraçou como pra sempre, gritando aos músicos que metessem tango e milonga e aos outros da diversão, que era pra gente dançar. A milonga correu solta como um incêndio de ponta a ponta. Real dançava com muita gravidade, mas sem deixar folga entre eles, como se já a possuísse. Chegaram à porta e gritou:

— Abram cancha, senhores, que eu já vou com ela dormida!

Disse, e saíram de rosto colado, como no marulhar do tango, como se o tango os deitasse a perder. Devo ter ficado vermelho de vergonha. Dei algumas voltinhas com alguma mulher e logo a larguei. Inventei que era pelo calor e pelo aperto e fui beirando a parede até sair. Linda noite, pra quem? Na esquina do beco estava o carro de praça, com o par de violões tesos no assento, feito cristãos. Comecei a ficar chateado com tamanha falta de cuidado, como se nem pra catar bugigangas a gente prestasse. Fiquei com raiva de sentir que a gente era coisíssima nenhuma. Um piparote no cravo atrás de minha orelha e joguei-o num charquinho; fiquei um tempo olhando pra ele, como pra não pensar em mais nada. Eu teria gostado de estar no dia seguinte, queria cair fora daquela noite. Nisso, me deram uma cotovelada que foi quase um alívio. Era Rosendo, que se mandava do bairro, sozinho.

— Você sempre servindo de estorvo, seu traste — me resmungou ao passar, não sei se pra se desafogar, ou se distraído. Foi pro lado mais escuro, o do Maldonado; não tornei a vê-lo.

Fiquei olhando aquelas coisas da vida inteira — céu até dizer chega, o riacho porfiando solitário lá embaixo, um cavalo dormido, o beco de terra, os tijolos — e pensei que eu era apenas outro matinho daquelas beiras, criado entre flores do brejo e ossadas. Quem ia sair daquele lixo a não ser nós, gritalhões mas fracos pro castigo, boca e tropelia e nada mais? Senti depois que não, que, quanto mais aporrinhado o bairro, maior a obrigação de ser bravo. Lixo? A milonga — dá-lhe doideira, dá-lhe bochinche nas casas —, e trazia odor a madressilvas o vento. Linda até o cerne a noite. Havia estrelas de dar tontura só de olhar, umas sobre as outras. Eu fazia força pra sentir que pra mim o assunto nada representava, mas a covardia de Rosendo e a coragem insuportável do forasteiro não queriam me largar. Até uma mulher para aquela noite, o homem alto tinha podido arrumar. Para aquela e para muitas, pensei, e talvez pra todas, porque a Lujanera era coisa séria. Sabe Deus pra que lado foram. Muito longe não haviam de estar. Até mesmo, talvez, já andassem aprontando os dois, em qualquer valeta.

Quando consegui voltar, o baileco seguia em frente como se nada tivesse acontecido.

Bancando um menininho, enfiei-me no meio de um monte de gente e vi que alguns dos nossos tinham se mandado e que os do Norte tangueavam junto com os demais. Cotoveladas e encontrões não havia, mas receio e decência. A música parecia sonolenta, as mulheres que tangueavam com os do Norte não diziam esta boca é minha.

Eu esperava alguma coisa, mas não o que aconteceu.

Ouvimos lá fora uma mulher que chorava e depois a voz que já conhecíamos, mas serena, quase serena demais, como se já não fosse de alguém, dizendo-lhe:

— Entre, minha filha — e logo outro choro. Em seguida a voz como se começasse a se desesperar.

— Abra, estou lhe dizendo, abra, bastarda perdida, abra, cadela! — Nisso a porta trêmula se abriu e entrou a Lujanera, sozinha. Entrou mandada, como se alguém a viesse tocando.

— Alguma alma está mandando nela — disse o Inglês.

— Um morto, amigo — disse o Curraleiro. A cara era tal qual de bêbado. Entrou e, no claro que todos lhe abrimos, deu alguns passos cambaleantes — alto, sem ver — e foi ao chão de uma vez, como um poste. Um dos que vieram com ele o deitou de costas e acomodou o ponchinho feito seu travesseiro. Esses auxílios o deixaram sujo de sangue. Vimos então que tinha um ferimento forte no peito; o sangue encharcava-o e enegrecia um lenço vermelho vivo que antes eu não havia notado, porque a *chalina* o tapava. Como primeiro socorro, uma das mulheres trouxe cachaça e uns trapos queimados. O homem não estava pra explicações. A Lujanera olhava pra ele que nem perdida, com os braços pendentes. Todos estavam se perguntando com a cara, e ela conseguiu falar. Disse que, assim que saiu com o Curraleiro, foram a um campinho, e que nisso pinta um desconhecido que o chama desesperado pra briga e lhe enfia uma punhalada; ela jura que não sabe quem haveria de ser e que não era Rosendo. Quem ia acreditar nela?

O homem a nossos pés estava morrendo. Pensei que não havia tremido o pulso de quem o acertou. O homem, porém, era duro. Quando bateu a hora, a Julia tinha estado cevando uns mates e o mate deu a volta completa e voltou à minha mão, antes que ele falecesse. "Tapem meu rosto", disse devagar, quando não pôde mais. Só lhe restava o orgulho e não ia consentir que ficassem xeretando as caretas de sua agonia. Alguém pôs em cima dele um chapelão preto que era de copa por demais de alta. Morreu debaixo do chapelão, sem queixa. Quando o peito deitado parou de subir e descer, animaram-se a descobri-lo. Tinha aquele ar cansado dos defuntos; era um dos homens de mais coragem que houve naquele então, da Bateria até o Sul; quando o soube morto e sem fala, perdi o ódio dele.

— Para morrer basta estar vivo — disse uma do grupo, e outra, pensativa, também:

— Tanta soberba o homem, e agora só serve para juntar moscas.

Então os do Norte foram dizendo entre si uma coisa devagar, e dois ao mesmo tempo ficaram repetindo forte depois:

— A mulher o matou.

Um lhe gritou na cara se era ela, e todos a cercaram. Eu me esqueci que era preciso ter tino e me meti entre eles que nem a luz. Afobado, quase apelo pra faca. Senti que muitos me olhavam, pra não dizer todos. Disse quase com malícia:

— Prestem atenção nas mãos dessa mulher. Que pulso ou coração vai ter pra cravar uma punhalada?

Acrescentei, meio sem vontade, a bravata:

— Quem ia sonhar que o finado, que, conforme tem gente dizendo, era durão no bairro dele, fosse abotoar de forma tão bruta e num lugar tão completamente morto como este, onde nada acontece, se não vem alguém de fora para distrair a gente e fica pra cuspida depois?

O couro não ficou pedindo pancada a ninguém.

Nisso, ia crescendo na solidão um barulho de cavaleiros. Era a polícia. Uns mais, outros menos, todos tinham alguma razão pra não querer nada com ela, tanto que decidiram que o melhor era transladar o corpo do morto ao riacho. Os senhores devem estar lembrados daquela janela comprida por onde passou brilhando o punhal. Por lá passou depois o homem de preto. Foi erguido por muitos e de tudo quanto tinha em centavo e miudezas foi aligeirado por aquelas mãos e alguém lhe torou um dedo pra afanar um anel. Aproveitadores, senhor, que assim animavam um pobre defunto indefeso, depois que o acertou outro mais homem. Um empurrão e as águas correntosas e sofridas deram fim nele. Pra não boiar, não sei se lhe arrancaram as vísceras, porque preferi não olhar. O de bigode cinza não tirava os olhos de mim. A Lujanera aproveitou o aperto pra sair.

Quando os da lei vieram dar sua campana, o baile estava meio animado. O cego do violino sabia tirar umas *habaneras* das que não se ouvem mais. Lá fora estava querendo clarear. Uns postes de algarobo sobre um morro pareciam soltos, porque os fios fininhos não se deixavam avistar tão cedo.

Voltei quieto pro meu rancho, que ficava a umas três quadras. Ardia na janela uma luzinha, que se apagou logo em seguida. Deveras que me apressei em chegar, quando me dei conta. Então, Borges, tornei a puxar a faca curta e afiada que eu sabia carregar aqui, no colete, junto do sovaco esquerdo, e dei outra revisada nela devagar; estava como nova, inocente, e não restava nem um pingo de sangue.

et caetera

para Néstor Ibarra

UM TEÓLOGO NA MORTE

Os anjos comunicaram-me que, quando Melanchton faleceu, ofereceram-lhe no outro mundo uma casa ilusoriamente igual à que tivera na Terra. (Para quase todos os recém-chegados à eternidade acontece o mesmo e por isso acreditam que não morreram.) Os objetos domésticos eram iguais: a mesa, a escrivaninha com suas gavetas, a biblioteca. Logo que Melanchton acordou naquele domicílio, reatou suas tarefas literárias como se não fosse um cadáver, e escreveu durante alguns dias sobre a justificação pela fé. Como era seu costume, não disse nenhuma palavra sobre a caridade. Os anjos notaram aquela omissão e mandaram pessoas interrogá-lo. Melanchton disse-lhes: "Demonstrei irrefutavelmente que a alma pode prescindir da caridade e que, para entrar no céu, basta a fé". Dizia aquelas coisas com soberba e não sabia que já estava morto e que seu lugar não era o céu. Quando os anjos ouviram aquele discurso, abandonaram-no.

Em poucas semanas, os móveis começaram a virar fantasmas até ficar invisíveis, exceto a poltrona, a mesa, as folhas de papel e o tinteiro. Além disso, as paredes do aposento mancharam-se de cal, e o piso, de um verniz amarelo. Até sua roupa já era muito mais ordinária. Continuava, porém, escrevendo, mas, como persistisse na negação da caridade, transladaram-no a um ateliê subterrâneo, onde havia outros teólogos como ele. Lá passou alguns dias encarcerado e começou a duvidar de sua tese e permitiram-lhe voltar. Sua roupa era de couro sem curtir, mas procurou imaginar que tudo tinha sido uma mera alucinação e continuou elevando a fé e depreciando a caridade. Num entardecer sentiu frio. Percorreu então a casa e verificou que os outros aposentos já não correspondiam aos de sua moradia na Terra. Um deles estava repleto de instrumentos desconhecidos; outro tinha diminuído tanto que era impossível entrar; outro não havia mudado, mas as janelas e portas davam para grandes dunas. O quarto do fundo estava cheio de pessoas que o adoravam e que lhe repetiam que nenhum teólogo era tão sábio como ele. Aquela adoração agradou-o, mas, como algumas daquelas pessoas não tinham rosto e outros pareciam mortos, acabou por detestá-los e por desconfiar. Resolveu então escrever um elogio da caridade, mas as páginas escritas hoje apareciam amanhã apagadas. Isso aconteceu porque as compunha sem convicção.

Recebia muitas visitas de pessoas mortas havia pouco, mas sentia vergonha de se mostrar num alojamento tão sórdido. Para fazê-las crer que estava no céu, combinou com um bruxo dos do quarto do fundo, e este as enganava com simulacros de esplendor e serenidade. Mal as visitas se retiravam, reapareciam a pobreza e a cal, e às vezes um pouco antes.

As últimas notícias de Melanchton dizem que o mago

e um dos homens sem rosto o levaram para as dunas e
que agora é como um criado dos demônios.

(Do livro *Arcana coelestia*, de Emanuel Swedenborg)

A CÂMARA DAS ESTÁTUAS

Nos primeiros dias, havia no reino dos andaluzes uma cidade em que residiram seus reis e que tinha o nome de Lebtit ou Ceuta, ou Jaén. Havia um forte castelo naquela cidade, cuja porta de dois batentes não era para entrar nem mesmo para sair, mas para que a mantivessem fechada. Cada vez que um rei falecia e outro rei herdava o trono altíssimo, este acrescentava com as mãos uma fechadura nova na porta, até que foram vinte e quatro as fechaduras, uma para cada rei. Aconteceu então que um homem malvado, que não era da casa real, assenhorou-se do poder, e, em lugar de acrescentar uma fechadura, quis que as vinte e quatro anteriores fossem abertas para olhar o conteúdo daquele castelo. O vizir e os emires suplicaram-lhe que não fizesse tal coisa e esconderam dele o chaveiro de ferro e lhe disseram que acrescentar uma fechadura era mais fácil que forçar vinte e quatro, mas ele repetia com astúcia maravilhosa: "Quero examinar o conteúdo deste castelo". Ofereceram-lhe então quantas riquezas podiam acumular em rebanhos, em ídolos cristãos, em prata e ouro, mas ele não quis desistir e abriu a porta com a mão direita (que arderá para sempre). Lá dentro os árabes estavam representados em metal e madeira, sobre seus rápidos camelos e potros, com turbantes que ondulavam sobre a espádua e alfanjes suspensos por talabartes e a lança em riste na mão direita. Todas aquelas figuras eram em relevo e projetavam sombras no chão, e um cego podia reconhecê-las mediante o simples tato, e as patas dianteiras dos cavalos não tocavam o solo e não caíam, como se tivessem empinado. Grande espanto causaram no rei aquelas primorosas figuras, e mais ainda a ordem e o silêncio perfeito que se observava nelas, porque todas olhavam para um mesmo lado, que era o poente, e não se ouvia nem uma voz nem um clarim. Era isso que havia na primeira câmara do castelo. Na segunda estava a mesa de Salomão, filho de Davi — seja para ambos a salvação! —, talhada numa única pedra esmeralda, cuja cor, como se sabe, é o verde, e cujas propriedades ocultas são indescritíveis e autênticas, porque serena as tempestades, mantém a castidade de seu portador, afugenta a disenteria e os maus espíritos, decide favoravelmente um litígio e é de grande socorro nos partos.

Na terceira acharam dois livros: um era negro e ensinava as virtudes dos metais, dos talismãs e dos dias, assim como a preparação de venenos e de contravenenos; outro era branco e não foi possível decifrar seu ensinamento, embora a escrita fosse clara. Na quarta encontraram um mapa-múndi, no qual estavam os reinos, as cidades, os mares, os castelos e os perigos, cada qual com seu nome verdadeiro e com sua precisa figura.

Na quinta encontraram um espelho em forma circular, obra de Salomão, filho de Davi — seja para ambos o perdão! —, cujo preço era alto, pois era feito de diversos metais e quem se mirasse em sua face veria os rostos de seus pais e de seus filhos, desde o primeiro Adão até os que ouvirão a Trombeta. A sexta estava cheia de elixir, do qual um único adarme bastava para mudar três mil onças de prata em três mil onças de ouro. A sétima pareceu-lhes vazia e era tão longa que o mais hábil dos arqueiros teria podido disparar uma flecha da porta sem conseguir cravá-la no fundo. Na parede final viram gravada uma inscrição terrível. O rei examinou-a e compreendeu-a, e dizia assim: "Se alguma mão abrir a porta deste castelo, os guerreiros de carne que se parecem aos guerreiros de metal da entrada se apoderarão do reino". Essas coisas aconteceram no ano 89 da Hégira. Antes que chegasse a seu fim, Tárik apoderou-se daquela fortaleza e derrotou aquele rei e vendeu suas mulheres e seus filhos e desolou suas terras. Assim foram se expandindo os árabes pelo reino de Andaluzia, com suas figueiras e pradarias irrigadas nas quais não se padece de sede. Quanto aos tesouros, conta-se que Tárik, filho de Zaid, remeteu-os ao califa seu senhor, que os guardou numa pirâmide.

(Do *Livro das mil e uma noites*, noite 272)

HISTÓRIA DOS DOIS QUE SONHARAM

O historiador arábico El Ixaqui relata este acontecimento:

Contam os homens dignos de fé (mas só Alá é onisciente e poderoso e misericordioso e não dorme) que houve no Cairo um homem possuidor de riquezas, mas tão magnânimo e liberal que perdeu tudo menos a casa de seu pai, e que se viu forçado a trabalhar para ganhar o pão. Trabalhou tanto que o sono o venceu uma noite debaixo de uma figueira de seu jardim, e viu no sonho um homem encharcado que tirou da boca uma moeda de ouro e lhe disse: "Tua fortuna está na Pérsia, em Isfarrã; vai buscá-la". Na madrugada seguinte, acordou e empreendeu uma longa viagem e enfrentou os perigos dos desertos, das naves, dos piratas, dos idólatras, dos rios, das feras e dos homens. Chegou por fim a Isfarrã, mas no interior dessa cidade surpreendeu-o a noite, e se deitou para dormir no pátio de uma mesquita. Havia, junto da mesquita, uma casa e, por decreto de Deus Todo-Poderoso, uma quadrilha de ladrões atravessou a mesquita e meteu-se na casa; as pessoas que dormiam acordaram com o estrondo dos ladrões e pediram socorro. Os vizinhos também gritaram, até que o capitão dos guardas-noturnos do distrito acudiu com seus homens e os bandidos fugiram pelo terraço. O capitão fez vasculhar a mesquita e nela deram com o homem do Cairo, e lhe aplicaram tais açoites com varas de bambu que esteve perto da morte. Dois dias depois, recobrou os sentidos na prisão. O capitão mandou chamá-lo e disse-lhe: "Quem és, e qual é tua pátria?". O outro declarou: "Sou da famosa cidade do Cairo e meu nome é Mohamed El Magrebi". O capitão então lhe perguntou: "O que te trouxe à Pérsia?". O outro optou pela verdade e disse-lhe: "Um homem me ordenou num sonho que viesse a Isfarrã, porque aqui estaria minha fortuna. Já estou em Isfarrã e vejo que a fortuna que ele prometeu devem ser os açoites que tão generosamente me deste".

Diante de tais palavras, o capitão riu até mostrar os dentes do siso e acabou por lhe dizer: "Homem desatina-

do e crédulo, três vezes sonhei com uma casa na cidade do Cairo em cujo fundo há um jardim e, no jardim, um relógio de sol e além do relógio de sol uma figueira e em seguida uma fonte, e debaixo da fonte um tesouro. Não dei o menor crédito a essa mentira. Tu, porém, produto de uma mula com um demônio, foste errando de cidade em cidade, levado apenas pela fé de teu sonho. Que eu não volte a te ver em Isfarrã. Toma estas moedas e vai-te".
O homem pegou-as e regressou à pátria. Sob a fonte de seu jardim (que era a do sonho do capitão) desenterrou o tesouro. Assim Deus lhe deu a bênção e o recompensou e exaltou. Deus é o Generoso, o Oculto.

(Do *Livro das mil e uma noites*, noite 351)

O BRUXO ADIADO

Em Santiago havia um deão que desejava aprender a arte da magia. Ouviu dizer que dom Illán de Toledo a conhecia mais que ninguém, e foi a Toledo procurá-lo.
No dia de sua chegada, dirigiu-se à casa de dom Illán e encontrou-o lendo num quarto afastado. Ele o recebeu com bondade e disse-lhe que adiasse o motivo da visita até depois do almoço. Indicou-lhe um aposento muito fresco e disse-lhe que sua vinda muito o alegrava. Depois de comer, o deão contou-lhe a razão da visita e pediu a ele que lhe ensinasse a ciência mágica. Dom Illán disse-lhe que adivinhava que era deão, homem de boa posição e futuro, e que tinha medo de logo ser esquecido por ele. O deão prometeu-lhe e assegurou que nunca esqueceria aquele

favor, e que estaria sempre às suas ordens. Uma vez acertada a questão, explicou dom Illán que as artes mágicas não podiam ser aprendidas senão num lugar afastado, e, tomando de sua mão, levou-o a um quarto contíguo, em cujo piso havia uma grande argola de ferro. Disse antes à criada que preparasse perdizes para o jantar, mas que não as pusesse para assar até que mandasse. Juntos, os dois ergueram a argola e desceram por uma escada de pedra bem lavrada, até que pareceu ao deão que tinham descido tanto que o leito do Tejo estava sobre eles. Ao pé da escada havia uma cela e em seguida uma biblioteca e mais além uma espécie de gabinete com instrumentos mágicos. Examinaram os livros e estavam nisso quando entraram dois homens com uma carta para o deão, escrita pelo bispo, seu tio, na qual o informava de que estava muito doente e que, se quisesse encontrá-lo vivo, não demorasse. O deão ficou muito contrariado com aquelas novas, tanto pela doença do tio quanto por ter de interromper os estudos. Optou por escrever uma desculpa e enviou-a para o bispo. Três dias depois, chegaram alguns homens de luto com outras cartas para o deão, nas quais se lia que o bispo falecera, que estavam escolhendo seu sucessor e que esperavam pela graça de Deus poder elegê-lo. Diziam também que não se incomodasse em vir, já que parecia muito melhor que o elegessem na sua ausência.

 Dez dias depois, vieram dois escudeiros muito bem vestidos, que se lançaram aos pés dele e beijaram suas mãos e o saudaram como bispo. Quando dom Illán viu aquelas coisas, dirigiu-se com muita alegria a nosso prelado e disse-lhe que agradecia ao Senhor que tão boas-novas tivessem chegado a sua casa. Logo lhe pediu o decanato vacante para um de seus filhos. O bispo informou-o de que reservara o decanato para seu próprio irmão, mas que decidira favorecê-lo e que partissem juntos para Santiago. Foram os três para Santiago, onde os receberam com honrarias. Seis meses depois, o bispo recebeu mensageiros do papa, que lhe oferecia o arcebispado de Tolosa, deixando em suas mãos a nomeação de um sucessor. Quando dom Illán soube disso, lembrou-o da antiga promessa e pediu-lhe aquele título para o filho. O arcebispo informou-o de que reservara o bispado para seu próprio tio, irmão de sua mãe, mas que decidira favorecê-lo e que partissem juntos para Tolosa. Dom Illán não teve mais remédio senão assentir.

Foram os três para Tolosa, onde os receberam com honrarias e missas. Dois anos depois, o arcebispo recebeu mensageiros do papa, que lhe oferecia o capelo de cardeal, deixando em suas mãos a nomeação de um sucessor. Quando dom Illán soube disso, lembrou-o da antiga promessa e pediu-lhe aquele título para o filho. O cardeal informou-o de que reservara o arcebispado para seu próprio tio, irmão de sua mãe, mas que decidira favorecê-lo e que partissem juntos para Roma. Dom Illán não teve mais remédio senão assentir. Foram os três para Roma, onde os receberam com honrarias e missas e procissões. Quatro anos depois morreu o papa e nosso cardeal foi eleito para o papado por todos os demais. Quando dom Illán soube disso, beijou os pés de Sua Santidade, lembrou-o da antiga promessa e pediu-lhe o cardinalato para o filho. O papa ameaçou-o com a prisão, dizendo-lhe que bem sabia ele que não era mais que um bruxo e que em Toledo fora professor de artes mágicas. O miserável dom Illán disse que ia voltar para a Espanha e lhe pediu alguma coisa para comer durante o caminho. O papa não acedeu. Então dom Illán (cujo rosto havia remoçado de um modo estranho) disse com uma voz sem tremor:

— Pois então terei de comer as perdizes que encomendei para esta noite.

A criada apresentou-se e dom Illán disse-lhe que as assasse. Àquelas palavras, o papa se viu na cela subterrânea em Toledo, somente deão de Santiago, e tão envergonhado de sua ingratidão que não atinava em se desculpar. Dom Illán disse que bastava aquela prova, negou-lhe sua parte das perdizes e acompanhou-o até a rua, onde lhe desejou boa viagem e se despediu dele com grande cortesia.

(Do *Livro de Patrônio* do infante dom Juan Manuel, que o derivou de um livro árabe: *As quarenta manhãs e as quarenta noites*)

O ESPELHO DE TINTA

A história sabe que o mais cruel dos governadores do Sudão foi Iácub, o Doente, que entregou seu país à iniquidade dos coletores de impostos egípcios e morreu numa câmara do palácio, no dia 14 da lua de Barmarrat, no ano de 1842. Alguns insinuam que o feiticeiro Abderramen El Masmudi (cujo nome pode ser traduzido por O Servidor do Misericordioso) acabou com ele a punhal ou veneno, mas uma morte natural é mais verossímil — já que o chamavam de o Doente. Contudo, o capitão Richard Francis Burton conversou com aquele feiticeiro no ano de 1853 e conta que ele lhe relatou o que transcrevo:

É verdade que eu padeci cativeiro no alcáçar de Iácub, o Doente, logo após a conspiração que meu irmão Ibraim forjou, com o pérfido e vão socorro dos chefes negros do Cordofão, que o denunciaram. Meu irmão pereceu pela espada, sobre a pele de sangue da justiça, mas eu me atirei aos detestáveis pés do Doente e disse-lhe que era feiticeiro e que, se me outorgasse a vida, lhe mostraria formas e aparências até mais maravilhosas que as do Fanussi khayal (a lanterna mágica). O opressor exigiu de mim uma prova imediata. Eu lhe pedi uma pena de cana, umas tesouras, uma folha grande de papel veneziano, um chifre de tinta, um braseiro, umas sementes de coentro e uma onça de benjoim. Recortei a folha em seis tiras, escrevi talismãs e invocações nas cinco primeiras, e na restante as seguintes palavras que estão no glorioso *Quran*: "Retiramos teu véu, e a visão de teus olhos é penetrante". Em seguida desenhei um quadro mágico na mão direita de Iácub e lhe pedi que a entrecerrasse e verti no meio um círculo de tinta. Perguntei-lhe se percebia com clareza seu reflexo no círculo e ele respondeu que sim. Disse-lhe para não erguer os olhos. Acendi o benjoim e o coentro, e queimei as invocações no braseiro. Pedi que nomeasse a figura que desejasse olhar. Pensou e disse-me: um cavalo selvagem, o mais bonito que pastasse nos prados à borda do deserto. Olhou e viu o campo verde e tranquilo e depois um cavalo que se aproximava, ágil como um leopardo, com uma estrela branca na testa. Pediu-me uma tropilha de cavalos tão perfeitos como o primeiro, e viu no horizonte uma nuvem comprida de pó, e em seguida a tropilha. Compreendi que minha vida estava segura.

Mal despontava a luz do dia, dois soldados entraram em meu cárcere e conduziram-me à câmara do Doente, onde já me esperavam o incenso, o braseiro e a tinta. Assim foi exigindo de mim e lhe fui mostrando todas as aparências do mundo. Esse homem morto que detesto teve na mão quanto os homens mortos viram e veem os que estão vivos: as cidades, climas e reinos em que se divide a Terra, os tesouros ocultos no centro, as naves que atravessam o mar, os instrumentos da guerra, da música e da cirurgia, as graciosas mulheres, as estrelas fixas e os planetas, as cores que empregam os infiéis para pintar seus quadros detestáveis, os minerais e as plantas com os segredos e as virtudes que encerram, os anjos de prata cujo alimento é o elogio e a justificação do Senhor, a distribuição dos prêmios nas escolas, as estátuas de pássaros e de reis que há no coração das pirâmides, a sombra projetada pelo touro que sustenta a Terra e pelo peixe que está debaixo do touro, os desertos de Deus, o Misericordioso. Viu coisas impossíveis de descrever, como as ruas iluminadas a gás, e como a baleia que morre quando escuta o grito do homem. Uma vez me ordenou que mostrasse a cidade que se chama Europa. Mostrei-lhe a principal de suas ruas e creio que foi naquele caudaloso rio de homens, todos ataviados de negro e muitos com óculos, que viu pela primeira vez o Mascarado.

Essa figura, às vezes com o traje sudanês, às vezes de uniforme, mas sempre com um pano sobre o rosto, penetrou desde então nas visões. Não podia faltar e não nos detínhamos em conjecturar quem era. Contudo, as aparências do espelho de tinta, momentâneas ou imóveis no início, eram mais complexas agora; executavam sem demora minhas ordens e o tirano as seguia com clareza. É verdade que ambos costumávamos ficar extenuados. O caráter atroz das cenas era outra fonte de cansaço. Não eram senão castigos, cordas, mutilações, deleites do verdugo e do cruel. Assim chegamos ao amanhecer do dia 14 da lua de Barmarrat. O círculo de tinta havia sido marcado na mão, o benjoim lançado no braseiro, as invocações queimadas. Estávamos os dois a sós. O Doente disse-me que lhe mostrasse um castigo inapelável e justo, porque seu coração, naquele dia, desejava ver uma morte. Mostrei-lhe os soldados com tambores, a pele estendida do bezerro, as pessoas felizes de olhar, o verdugo com a espada da justiça. Maravilhou-se com a visão e disse-me: "É Abu Kir, o que justiçou teu irmão Ibraim, aquele que ultimará teu destino quando me for concedida a ciência de convocar essas figuras sem tua ajuda". Pediu que trouxessem o condenado. Quando o trouxeram, perturbou-se, porque era o homem inexplicável do pano branco. Ordenou-me que, antes que o matassem, lhe tirassem a máscara. Eu me atirei a seus pés e lhe disse: "Ó rei do tempo, substância e súmula do século, esta figura não é como as demais porque não sabemos seu nome nem o dos pais dela nem o da cidade que é sua pátria, de modo que eu não me atrevo a tocá-la, para não incorrer numa culpa da qual terei de prestar contas". O Doente riu e acabou jurando que ele assumiria a culpa, se culpa houvesse. Jurou pela espada e pelo *Quran*. Então ordenei que despissem o condenado e que o sujeitassem sobre a pele estendida do bezerro e que lhe arrancassem a máscara. Assim se fez. Os olhos espantados de Iácub puderam por fim ver aquele rosto — que

era o dele próprio. Cobriu-se de medo e loucura. Segurei-
-lhe a mão direita trêmula com a minha que estava firme
e lhe ordenei que continuasse olhando a cerimônia de sua
morte. Estava possuído pelo espelho: nem sequer procurou erguer os olhos ou derramar a tinta. Quando a espada
se abateu na visão sobre a cabeça culpada, gemeu com
uma voz que não me apiedou, e tombou morto no chão.
A glória esteja com Aquele que não morre e tem na
mão as duas chaves do ilimitado Perdão e do infinito
Castigo.

(Do livro *The Lake Regions of Equatorial Africa*, de R.
F. Burton)

O DUPLO DE MAOMÉ

Já que na mente dos muçulmanos as ideias de Maomé e
de religião estão indissoluvelmente ligadas, o Senhor ordenou que no Céu sempre os presida um espírito que faz
o papel de Maomé. Esse delegado nem sempre é o mesmo. Um cidadão da Saxônia, a quem em vida os argeli-
nos fizeram prisioneiro e que se converteu ao islã, ocupou
uma vez esse cargo. Como fora cristão, falou-lhes de Jesus e disse-lhes que não era o filho de José, mas o filho de
Deus; foi conveniente substituí-lo. A situação desse Maomé representativo é indicada por uma tocha, só visível
para os muçulmanos.

O verdadeiro Maomé, que redigiu o *Quran*, já não é
visível a seus adeptos. Disseram-me que no começo os
presidia, mas que pretendeu dominá-los e foi exilado

no Sul. Uma comunidade de muçulmanos foi instigada pelos demônios a reconhecer Maomé como Deus. Para aplacar o distúrbio, Maomé foi trazido dos infernos e exibido. Naquela ocasião eu o vi. Assemelhava-se aos espíritos corpóreos que não têm percepção interior, e seu rosto era muito escuro. Conseguiu articular as palavras: "Eu sou vosso Maomé", e imediatamente desapareceu.

(De *Vera Christiana Religio*, 1771, de Emanuel Swedenborg)

índice das fontes

O atroz redentor Lazarus Morell
Life on the Mississippi, by Mark Twain. New York, 1883.
Mark Twain's America, by Bernard Devoto. Boston, 1932.
O impostor inverossímil Tom Castro
The Encyclopaedia Britannica (Eleventh Edition). Cambridge, 1911.
A viúva Ching, pirata
The History of Piracy, by Philip Gosse. London, 1932.
O provedor de iniquidades Monk Eastman
The Gangs of New York, by Herbert Asbury. New York, 1927.
O assassino desinteressado Bill Harrigan
A Century of Gunmen, by Frederick Watson. London, 1931.
The Saga of Billy the Kid, by Walter Noble Burns. New York, 1925.
O incivil mestre de cerimônias Kotsuké no Suké
Tales of Old Japan, by A. B. Mitford. London, 1912.
O tintureiro mascarado Hákim de Merv
A History of Persia, by Sir Percy Sykes. London, 1915.
Die Vernichtung der Rose. Nach dem arabischen Urtext übertragen von Alexander Schulz. Leipzig, 1927.

Esta obra foi composta em Walbaum
por Alice Viggiani e impressa em
ofsete pela Gráfica Santa Marta sobre
papel Pólen Bold da Suzano S.A.
para a Editora Schwarcz
em janeiro de 2022

A marca FSC® é a garantia de que a madeira utilizada na fabricação do papel deste livro provém de florestas que foram gerenciadas de maneira ambientalmente correta, socialmente justa e economicamente viável, além de outras fontes de origem controlada.